고마네치를 위하여

* 이 도서의 국립중앙도서관 출판시도서목록(CIP)은 e-CIP홈페이지(http://www.nl.go.kr/ecip)와
국가자료공동목록시스템(http://www.nl.go.kr/kolisnet)에서 이용하실 수 있습니다.
(CIP제어번호: CIP2016009444)

제2회 황산벌청년문학상 수상작

고마네치를 위하여

조남주 장편소설

은행나무

차
례

이 또한 지나가리라

사람의 기억은 참 간사하다. 이따금 지긋지긋했던 유년 시절의 가난이 낭만적으로 느껴지기도 한다. '지나간 일'이란 그렇다. 지나갔으니 웃으면서 얘기할 수 있고, 용서할 수 있고, 추억으로 포장된다. 그렇다고 다시 그때로 돌아가라고 한다면 누구라도 몸서리를 칠 것이다. 물론 나의 가난이 다 끝났다는 것은 아니다. 가난은 쉽게 끝나지 않는다. 적어도 내가 아는 모든 가난한 사람들은 옛날이나 지금이나 여전히 가난하다. 안타깝게도 그들 중에는 나의 가족도 포함되어 있다. 더 팍팍할 때도 있었고, 조금 숨통이 트일 때가 있었을 뿐이다.

사람의 판단력은 참 어설프다. 비교집단이 변화한 것을 내가 달라진 것으로 착각하기도 한다. 시간이 좀 더 지난 후에 지금이 '더 가난했던 시절'로 느껴질지 '덜 가난했던 시절'로 기억될지 알 수 없다. 어쨌든 이 순간도 미래의 어느 날에는 '지나간 일'일 뿐이다.

아라비아라던가 페르시아라던가. 아무튼 중동 어디쯤으로 기억되는
한 나라에 일희일비하고 부화뇌동하기를 밥 먹듯 하는 왕이 있었나보
다. 그가 어느 날 신하들에게 특명을 내렸다. 기쁠 때는 기쁨을 자제하
게 하고, 슬플 때는 슬픔에 잠식되지 않도록 하는 물건을 만들어 오라.
망할 임금 자식. 신하들은 밤새 잠도 못 자고 고민했다. 그리하여 마침
내 반지 하나를 왕에게 바쳤는데, 반지에는 이런 글귀가 새겨져 있었다.
'이 또한 지나가리라.'

나는 요즘 시도 때도 없이 기쁘다. 그때마다 생각한다. 이 또한 지나
가리라. 그리고 문득문득 슬퍼지기도 한다. 그때도 생각한다. 이 또한
지나가리라.

누군가는 자신의 인생을 7막으로 나누었다는데, 내 삶은 그렇게 여러
토막 낼 만큼 다채롭지 못했다. 굳이 나눈다면 3막쯤 될까. 가난한 서울
빈민층으로서의 삶이 1막이었다면, 이제 시작될 2막은 서울 근교 도시
의 서민층 정도 되겠다. 길고 지루했던 내 인생의 1막, 그 끝나지 않을
것 같던 시간도 얼마 남지 않았다. 오늘 밤이 지나면 태어나 사십 년 가
까이 살았던 이 집을 떠난다.

짐들을 조금씩 정리한다. 삼십육 년을 살았던 내 집. 여덟 살부터 써
온, 단 한 번도 구조가 바뀌지 않은 내 방. 구석구석 먼지와 함께 기억과
비밀도 쌓였다.

지금은 화장대 겸 수납장으로 쓰는 책상의 모든 서랍들을 꺼냈다. 손

가락이 닿지 않는 서랍 안쪽에 사도 사도 계속 없어지는 까만 머리끈과 실핀들, 립글로스, 파란색 마스카라. 한때 보라, 파랑, 초록 같은 색이 있는 마스카라가 유행한 적이 있다. 큰 맘 먹고 사서 공들여 발랐는데 아무래도 멍든 것 같아 보여서 다시는 바르지 않았다. 버린 줄 알았는데 여기 있었구나. 아무리 힘껏 돌려봐도 단단하게 굳은 마스카라 뚜껑은 열리지 않는다.

책상 위 한 칸짜리 책꽂이에는 책등이 하얗게 바랜 오래된 문고판 소설책들. 표지에 긴 생머리 여자의 그림이 그려진 스프링노트들. 실제 백혈병에 걸린 일본 소녀를 모델로 했다는 밑도 끝도 없는 소문이 있었다. 그리고 고등학교 교지. 그중 한 권을 꺼내 휘리릭 넘겨보았다. 먼지가 담배 연기처럼 확 피어오르고, 이제 쓸 수도 없는 버스회수권 두 장이 책장 사이에서 떨어진다.

책상 옆에는 삼단 서랍장. 이불을 올려놓는 서랍장 윗면에 병뚜껑만 한 판박이 스티커가 반쯤은 긁혀 지워지고 반쯤은 얼룩덜룩 때가 탄 채로 붙어 있다. 어릴 적 좋아하던 만화 캐릭터다. 빗자루 같은 노란 털을 가진 상상 속의 동물. 뭐였더라? 우주선을 태워줘요. 공주도 되고 싶어요. 어서 빨리 들어줘요, 우리의 소원. 맞다! 바람돌이! 하루에 하나씩 소원을 들어주던 모래요정 바람돌이! 그때의 나는 소원이 많았다. 하지만 지금 누군가 내게 소원을 묻는다면 나는 선뜻 대답하지 못할 것 같다. 서른여섯 내 소원, 내 소원은……

하늘을 보려고 녹슨 창틀을 힘주어 열었는데 삼층 옆집에 가려 손바닥만 한 직삼각형의 틈밖에 생기지 않았다. 눈물이 한 방울 똑 떨어진다. 내게 허락된 하늘, 사색, 희망의 크기는 딱 이만큼이다. 이 집에서 얼마나 많은 밥을 먹었고, 얼마나 많은 똥을 누었으며, 얼마나 많은 욕을 얻어먹었는지 헤아릴 수 있을까.

평범한 사람들의 삶이 그렇듯 아름다울 것도, 기억할 것도 없는 일상이지만 그 모든 순간들이 애틋하게 느껴진다.

잔인한 겨울

눈앞이 번쩍하더니 뜨끈한 뭔가가 입술 위로 주르륵 흘렀다.

"어! 마니, 코피……"

혜선의 말에 아이들이 놀란 눈을 하고 달려들었다. 입술을 쩝쩝거려 봤더니 찝찔하고 비릿한 냄새가 입안에 가득 돌았다. 손등을 인중에 갖다댔다가 눈으로 확인했다. 피. 정말 피가 난다.

집주인인 주미가 화장실에서 휴지를 뜯어 둘둘 말아들고 왔다. 까슬 까슬한 촉감이 우리 집에서 쓰는 휴지와 비슷했다. 주미는 대충 휴지를 구겨 콧구멍을 틀어막더니, 포니테일로 묶은 내 머리채를 사정없이 잡 아당겼다. 고개가 젖혀지며 나도 모르게 컥— 소리를 냈다. 그리고 살며 시 눈을 감았다. 코피가 목구멍으로 넘어왔다. 1988년 10월, 내 인생의 첫 코피. 감은 눈 위로 쏟아지는 햇살은 오렌지빛이었고, 아이들이 떠드는 소리는 웅웅거리는 울림으로 변해 점점 멀어져갔다. 꿈. 꿈을 꾸는 것 같았다. 나는 코피를 꿀떡꿀떡 삼켰다.

"큭. 크흐흐흐."

누군가가 정적을 깨고 웃음을 터뜨렸다. 어느 하나가 웃기 시작하자 아이들이 모두 깔깔대고 웃었다. 나를 걱정해준 이는 아무도 없었다.

"셔울은 셰계로. 셰계는 셔울로."

목소리, 발음, 주위의 정적과 이후의 환호까지 모두 떠오른다. 그때 나는 겨우 아홉 살이었고, 삼십 년이 다 된 일이지만, 진짜다. 기억난다. 그 개막식을 보며 난생처음 한 남자로 인해 가슴이 두근거리는 경험을 했기 때문이다.

나보다 한 살 어렸다. 빛이 날 정도로 새하얀 반팔과 반바지 체육복을 입고, 핑크색 모자를 앙증맞게 눌러쓴 그는, 연둣빛 잔디밭을 종종종 가로질러 좌우 열두 대씩, 스물네 대 갈비뼈 빗장을 열어젖히고 내 가슴속으로 들어왔다. 굴렁쇠 소년! 연하남에 대한 갈망의 시작이었다.

아직 '소련'이라는 나라가 있었고, 독일이 통일되기 전이었다. 세계는 다른 가치를 따르던 두 진영으로 나뉘어 서로를 절대 인정하지 않았다. 모스크바올림픽 때는 서방 국가들이, LA올림픽 때는 동유럽 국가들이 줄줄이 불참했다. 그렇게 반쪽짜리 올림픽이 이어지던 와중에 서울 올림픽에 역사상 가장 많은 국가가 참가했다. 아주 성공적인 대회였고, 1988년의 가을은 여름보다 뜨거웠다.

기억에 남는 선수들이 많다. 라이벌이던 칼 루이스와 벤 존슨, 환상의 복식조 양영자와 현정화, 형형색색 매니큐어를 칠하고 사자 갈기 같은 머리칼을 휘날리며 트랙을 질주하던 그리피스 조이너, 그리고 누구보다 슈슈노바, 실리바스 같은 내 또래의 체조 선수들. 10월의 어느 밤, 화려한 폭죽쇼와 함께 서울올림픽은 막을 내렸지만 우리의 열병은 끝나지 않았다.

우리는 방과 후면 부모님이 안 계신 집에 모여 체조를―그러니까 그걸 체조라고 부를 수 있다면― 했다. 연습이 시작되면 다들 치마를 벗고 흰 타이즈 차림이 되거나, 바지를 벗고 내복 차림이 됐다. 내복은 아무래도 몸에 쫙 달라붙는 맛이 없다. 겨울에 삼중 보온메리라도 입는 날에는 일단 예술점수를 깎이고 들어가는 거다. 그래서 혜선은 한겨울에도 내복까지 벗고 팬티만 입은 채 체조 연습을 했다.

혜선은 대부분의 놀이에서 탁월한 실력을 보여줬다. 고무줄놀이를 할 때는 단 한 번도 먼저 줄을 밟은 적이 없다. 헉헉대면서도 줄넘기에 걸리지 않았고, 손가락이 꿈틀거리는 모양을 따라 입도 같이 삐죽거리면서도 기어이 손등의 공깃돌을 떨어뜨리지 않았다. 타고난 운동신경이 있다기보다는 집념이 있는 아이였다. 공부를 뺀 나머지에 독하게 매달렸다.

스트레칭 따위는 없었다. 다리 한 번 찢어보지 않은 우리는 일단 앞뒤로 구르고, 목을 꺾고, 팔짝팔짝 뛰어올랐다. 좀 무리했다 싶으면, 다음 날 어김없이 허벅지가 땅겨서 엉거주춤 걸어다녀야 했다. 초반에 가장 뛰어난 기량을 발휘했던 수연은 목을 다쳐 중도하차했다. 여섯 명이었던 동네 체조 모임은 다섯 명이 되었다. 우리는 가장 집이 넓고, 부모님이 모두 장사를 해 집이 자주 비는 주미네에 수시로 모여 연습을 했고, 일주일에 한 번씩 평가 시간을 가졌다.

그날은 중간점검 날이었다. 나는 주미네 안방 한구석에 웅크리고 앉아 고양이가 그려진 스프링노트를 들고 점수를 매기고 있었고, 혜선은 맞은편 귀퉁이에 서서 두 팔을 위로 뻗더니 길게 숨을 들이쉬었다. 그리고 진짜 체조 선수라도 된 양 목을 쭉 빼고 도도한 표정으로 허공을 한 번 보더니 힘껏 발을 굴렀다. 아, 연속 2회전을 하려나보다. 내가 수첩에 '연속 2회ス'까지 적은 순간, 혜선은 세 번째 바퀴를 돌고 있었다. 주미네 안방이 크긴 했지만 여유 있게 그 동작을 할 만큼은 아니었고, 나는 더 이상 물러설 곳이 없었다. 혜선은 벽에 먼저 부딪혀 굴렀고, 나는 혜선의 발뒤꿈치에 콧잔등을 정확히 맞았다. 그렇게 난생처음 코피를 흘렸다.

당연히 코뼈가 부러졌을 거라고 생각했지만, 막상 엑스레이를 찍어보니 뼈는 멀쩡했다. 빵빵하고 둥그렇게 부어오른 코 위에 얼음주머니를 올려주며 엄마는 일 년치 욕을 한 방에 퍼부었다.

"늬 엄마는 돈이 없어서 결혼사진도 한 장 못 찍었다! 근데 딸년은 보험도 안 되는 이따위 사진을 찍어대고 있으니. 이쁘게 나오면 어디 써먹기라도 하지! 이 시커먼 뼉다구 사진은 어디에 쓰냐? 나중에 영정사진으로나 쓰면 되겠네. 것두 구분이 돼야 쓰지. 뼉다구 사진을 누가 알아봐? 죽어도 축의금도 못 받겠네. 또 그렇게 까불고 다녀라, 엉?"

한 번에 많은 말을 쏘아대서 잘 알아들을 수는 없었지만 어쨌든 나를 나무라고 있다는 것은 알 수 있었다. 아무 생각 없이 누워 천장의 사각 겹무늬를 세고 있는데 아버지가 말했다.

"축의금이 아니고 조위금이다."

뼈는 멀쩡했지만 멍은 쉽게 가시지 않았다. 엄마는 혜선네에 가서 치료비라도 받아오라고 했지만, 아이들끼리 놀다가 다친 걸로 치료비를 내놓으라는 것은 어린 내 상식으로도 자연스러운 일이 아니었다. 엄마도 그쯤은 알고 있었을 것이다. 그러니 직접 달라고 못했겠지. 한번은 시장 골목에서 혜선네를 마주쳤는데 엄마는 화를 삭이듯 내 손을 꼭 쥐고 부들부들 떨 뿐 아무 말도 못했다. 내가 다친 줄도 몰랐는지 혜선이 엄마는 안 그래도 큰 눈을 동그랗게 뜨고는 내 코와 이마를 검지로 살포시 눌러보며 무슨 일이냐고 물었다. 멍은 보랏빛에서 붉은빛으로, 또 연두색으로, 노란색으로 변하더니 얼마쯤 뒤 사라졌다.

부상 이후에도 연습은 계속됐다. 연속 3회전은 감점하기로 했지만 지구를 세 바퀴쯤 돌 수 있는 혜선의 열정은 끝없이 기회를 찾아 꿈틀거렸다. 공 연기를 하기에 마땅한 공이 없자 혜선이 어디서 핸드볼 공을 구해 왔다. 크기가 적당해 어린 우리의 손바닥에 착 감겼다. 바닥에 한 번 튕겨보니 묵직하고 단단한 데다 탄성도 좋았다. 불길했다. 이 공으로 인해 안 좋은 일이 생기리라는 예감이 벼락처럼 꽂혔고, 예상대로 혜선은 주미네 안방 형광등을 깨먹었다. 바닥에 튕긴 것도 아니고 공을 놓친 것도 아니었다. 천장을 향해 공을 힘껏 던져놓고 앞으로 데굴데굴 굴렀는데, 공은 형광등을 정확하게 맞춘 후 떨어져 혜선의 뒤를 따라 데굴데굴 굴렀다. 흔들, 흔들, 하던 형광등은 결국 바닥으로 툭 떨어지며 산산조각 났다. 이번에는 주미네 엄마에게 욕을 먹었다. 형광등을 깬 건 혜선인데 욕은 모두 다 똑같이 먹었다.

욕을 먹고 집으로 돌아오는 길, 나도 모르게 볼멘소리가 튀어나왔다.

"넌 아무래도 거리감각이 없는 것 같다. 운동감각은 좋을지 몰라도."

"사실 어렸을 때 감기를 심하게 앓았는데 그 이후로 귀가 안 좋아."

내가 무슨 소린지 모르겠다는 표정을 짓자 혜선이 답답하다는 듯 멈춰 서서 설명했다.

"너 귀 안에 거리감각을 결정하는 기관이 있다는 거 몰라? 근데 어렸을 때 감기를 심하게 앓으면서, 그 뭐냐? 그래, 축농증! 축농증이 생겨서 귀가 안 좋아졌다는 뜻이야. 비밀인데, 너한테만 말해줄게. 지금도 사실 오른쪽 귀가 안 들려."

"음…… 그래?"

나는 조금 미안한 마음이 들어서, 맹세코 혜선을 시험하기 위해서가 아니라 정말 미안해서, 나에게도 잘 들리지 않을 정도로, 내가 머릿속으로만 생각한 게 아닐까 싶을 정도로 아주 조그맣게 물었다. 혜선은 곧바로 대답했다.

"응, 안 들려."

나는 혜선의 오른쪽에 서 있었다. 그때 혜선이 앓았다는 병은 중이염이었을 거라는 생각이 든다. 그로 인해 반고리관 같은 데를 다쳐 평형감각을 잃었다는 말이 하고 싶었던 모양이다. 중이염이 심하면 평형감각에 문제가 생기기도 하는지는 잘 모르겠는데, 아무튼 축농증과 거리감각이 관계가 없는 것은 확실하다. 게다가 혜선의 오른쪽 귀는 아주 잘 들렸던 것 같다.

공 연기는 금지됐다. 다음 주에는 혜선이 리본 대신 플라스틱 노끈을 둘둘 감아 돌리다가 주미의 얼굴을 긁었다. 주미의 하얀 얼굴에 고양이가 손톱으로 할퀸 것 같은 길고 깊은 딱지가 앉았다. 리본도 금지됐다. 다음 주에는 혜선이 훌라후프를 방에서 던지다가 주미네 행운목을 똑 분질렀다. 주미 엄마한테 등짝을 두 대씩 공평하게 맞고, 배부르게 욕도

먹고 쫓겨났다. 주미네만큼 넓은 집도 없는데. 다시는 주미네서 연습을
할 수 없게 됐다.

그 후로는 주로 학교 뒤뜰에서 연습을 했다. 이미 바람이 많이 차가
워졌고 우리는 외투까지 두툼하게 입고 있었다. 아무리 깔끔하게 옆구
르기를 성공해도 폼이 나지 않았다. 주머니에서는 동전이 우르르 쏟아
지기 일쑤였고 외투에 달린 모자나 목도리가 얼굴을 휘감아 우스운 꼴
이 되곤 했다. 자잘한 돌멩이와 가시 들이 손바닥에 박혀 장갑도 껴야
했다.

"아무래도 안 되겠어."

하루는 혜선이 주머니에서 쏟아진 동전을 다시 주워 담으며 우울하
게 말했다. 주미가 갑자기 눈물을 터뜨렸다. 내 나이 아홉 살, 돌아보니
그해 겨울은 참 추웠다.

내릴 곳을 지나칠 뻔했다. 사람이 아무것도 하지 않고, 아무 생각도
하지 않기란 생각보다 쉽지 않다. 눈앞에 뭔가 스치기만 해도 무의식
적으로 눈동자가 따라가고, 아주 작은 소리에도 동물적으로 귀가 움찔
거린다. 아무 생각도 하지 말자고 생각할수록 '아무 생각도 하지 말자',
'아무 생각도 하지 말자'라는 생각이 머릿속을 맴돌게 마련인데 나는
수시로 진짜 '아무 생각도 없는 상태'에 빠진다. 지하철을 타고 오는 내
내 멍하니 앉아만 있었다.

에스컬레이터를 타고 지하철역을 빠져나와서야 가방에서 엠피쓰리
플레이어를 꺼냈다. 십 년 된 삼각기둥 모양의 엠피쓰리 플레이어. 대학
졸업 후 유명한 프랜차이즈 레스토랑에서 인턴이라는 허울 좋은 이름

으로 착취당하다 그만두고, 유령회사라고밖에 부를 수 없는 사무실에서 돈도 못 받으면서 무슨 일인지도 모를 일을 하다 그만두고, 이런저런 아르바이트를 전전하다가, 마침내 취직한 공식적인 나의 첫 직장—무척 겸손한 규모에 사규랄까 사칙이랄까 그런 건 금시초문이고, 복리후생은 딴 세상 얘기이고, 직장 구성의 최소 삼 대 조건만을 겨우 갖춘 곳이었다. 사장, 직원, 책상—에서 받은 첫 월급으로 산 것이다. 쉽지 않았던 청춘과 짧지 않았던 방황을 잘 견뎌낸 나 자신에게 주는 작은 선물, 은 아니고 그냥 출퇴근길이 부대끼고 지루해서 음악이나 들으려고 샀다.

몇 년 전 경력사원으로 입사한 송 대리는 내 엠피쓰리 플레이어를 보고 와하하하하 웃었다. 정말 와, 하, 하, 하, 하, 하고 또박또박 웃었다.

"요즘도 이런 거 갖고 다니는 사람이 있네? 와, 고 대리 대박. 충전은 돼요?"

"AA 하나 들어갑니다."

그러자 송 대리는 갑자기 주머니에서 스마트폰을 꺼내더니 음악을 틀어 보여줬다. 어쩌라고. 조영남처럼 커다란 뿔테 안경을 쓰는 송 대리. 넥타이를 두 번 돌려 감아 두툼하게 매는 송 대리. 점심을 먹은 후에는 양치질을 하지 않고 껌만 씹는 송 대리!

아무리 같은 대리라도 엄연히 내가 이 회사에서는 선배거든? 너 화장실 갔다가 손도 안 씻고 나와서 상추쌈 싸먹는 거 다 봤어, 이 더러운 자식아! 아무 데서나 가래침 뱉는 주제에!

하지만 한마디도 소리 내어 말하지 못했다. 자려고 누우면 또 생각나겠지. 이불을 걷어차면서 억울해하겠지. 왜 또 곧바로 대꾸해주지 못했을까. 송 대리는 예의가 없다. 뇌를 거치지 않은 말들을 습관처럼 배설하는 스타일인데 유독 나에게 심했다. 한 번만 더 함부로 말하면 따박따박 대답해주리라, 혼자 거울을 보면서 연습까지 했다. 하지만 송 대리가 입가에 부글부글 거품을 끓이며 이죽거리면, 구역질이 올라오면서 몸이 굳고 만다. 그놈의 게거품만 아니었으면. 어린 여자 앞에서는 입을 길쭉하게 벌리면서 엄지와 검지 끝으로 천천히 입가를 닦아내는 것이 송 대리의 버릇이다. 물론 내 앞에서는 하지 않는다. 이런 개자식.

건축회사에서 십 년 일했지만 건축이나 설계에 대해서는 아무것도 모른다. 나는 총무팀이고, 영수증을 내면 돈을 주고, 돈을 주면서 영수증을 받고, 한 달에 한 번씩 꼬박꼬박 월급 입금하고, 들어올 돈 잘 들어오고 있는지 확인해 사장에게 보고한다. 가끔 좋은 땅이 나왔다고 하면 사장을 대신해 현장에 다녀오는 일도 한다. 열심히 사진을 찍고 원하는 서류를 떼다준다. 처음에는 회사 일과 관련된 땅인 줄 알았는데 사장의 개인 투자용이었다. 사장은 그 땅으로 돈도 많이 벌었다고 한다.

총무팀은 늘 두 명이었다. 칠 년 전, 김 대리 언니가 출산을 하면서 회사를 그만두고 '미스 고'이던 내가 '고 대리'가 되었다. 그리고 새로 '미스 김'을 뽑았다. 나도 언젠가 결혼을 하고 아이를 낳으면 이 회사를 그만두어야 할까. 김 대리 언니가 나가고 후배가 들어오니 이런저런 걱정이 생겼는데, 지금 생각하면 참 쓸데없는 걱정이었다. 나는 결혼하지 못했다. 안 한 게 아니라 솔직히 못했다. 하고는 싶었는데, 회사에서 보는 일곱 명의 유부남과 애인이 없고, 왜 애인이 없는지 온몸으로 말하고 있는 네 명의 노총각 외에는 남자를 만날 기회조차 없었다.

이후로 나는 내내 '고 대리'였다. 미안하게도 '미스 김' 역시 계속 '미스 김'이었고, 미스 김으로 두 번의 봄을 보내고 나더니 미스 김은 자신이 '미스 김'인 것에 불만을 토로하기 시작했다.

"언니, 여기는 십 년이고 백 년이고 미스 김이야? 이제 거래처 가기도 창피하고, 손님들 보기도 창피해. 언닌 안 그래?"

나는 별 생각이 없었다. 그래도 나는 대리니까. 내 자격지심인지는 모르겠지만, 왠지 미스 김의 말이 나를 겨냥하는 것으로 들렸다. 김 대리 언니가 출산 때문에 퇴직하고 내가 대리가 되었다는 것을 미스 김도 알고 있다. 회식 자리에서 누군가에게 들었던 모양이다. 그 후로 미스 김은 나에게 부쩍 짜증내는 일이 많아졌다. 물론 이것도 내 느낌이다.

그렇다고 내가 노력을 안 한 것은 아니다. 나는 사장에게 나를 '고 과장' 시켜주고 '미스 김'을 '김 대리' 시켜주면 안 되겠느냐고 말해보기도 했다. 월급은 안 올려줘도 되니 사기나 업무효율 같은 걸 생각해서 우리도 승진을 좀 시켜달라는 뜻이었다.

"응, 그래. 그러자고 고 대리. 참, 미스 김 좀 들어오라고 해."

대답은 잘한다. 미스 김은 작년 가을 결혼했고, 동시에 회사를 그만두었다. 그리고 '미스 송'이 들어왔다. 나는 여전히 '고 대리'였다. 같은 자리를 뭉개고 앉아 미스 김, 미스 리, 미스 박, 미스 최…… 수많은 미스 아무개들을 갈아치우며 나는 천년만년 낙락장송 고 대리일 것만 같았다. 우울했다. 하지만 더 우울하게도 나는 해고됐다. 2015년 겨울, 이 잔인한 계절을 잊지 않겠다.

가파른 길을 오르내린 지도 삼십 년이 넘었다. 삼십 년 동안 이 길은 백서른네 번쯤 변했다. 넓어졌다 좁아졌다 다시 넓어졌고, 집이 지어지고 헐리고 다시 지어졌다. 나무가 뽑히고 난간이 생기고 전봇대가 늘어나고 전봇대에는 전선이 더 많이 걸렸다. 하지만 단 한 가지 변하지 않은 사실은 내 키가 커지고 보폭이 넓어졌음에도 이 길은 내게 여전히 길고 힘겹다는 것이다.

서울에서 가난하기로 다섯 손가락 안에 꼽히는 동네. 청소년 가출률이 가장 높고, 고등학교 진학률은 가장 낮고, 통계는 안 내봤지만 저녁상 반찬 가짓수와 일인당 신발 보유량과 주민들의 목욕 횟수도 가장 적을 것이 분명한 서울의 대표적인 달동네, S동이 나의 집이다. 나는 S동에서 태어났고, S동에서 지금까지 살아왔다.

예전에는 '달동네'가 많았다. 사당동, 상계동, 돈암동, 도원동, 전농동, 봉천동…… 그리고 내가 사는 S동. 1동, 2동, 3동, 이렇게 많이 쪼개져 있을수록 못사는 동네라고들 했다. 우리 집은 7동인데 왠지 7동이라고 말하기 싫어서 그냥 S동이라고 하고 다녔다. 왜 그랬을까. S동이면 말 다 한 거지.

딱 〈한 지붕 세 가족〉에 나올 법한 동네였다. 골목골목 일이층 주택이 빼곡했고, 칸칸이 다른 가족이 바글바글 살았다. 안방 창을 열면 옆집 문이 보이고, 옆집 문을 열면 윗집으로 가는 계단이 나왔다. 한 집에서 요리를 하면 온 창문으로 맛있는 냄새가 들어갔다. 밤이면 서울의 야경이 한눈에 내려다보이는 공터에 모여 아이들은 보이지도 않는 고무줄을 넘거나 공을 찼고, 어른들은 평상에 걸터앉아 수박이며 지짐이 같은 것을 나눠 먹었다. 너무 가까웠고, 너무 잘 알았고, 쉴 틈 없이 서로를 걱정하고 간섭하고 싸우면서 살았다.

동네 입구에는 나보다 더 나이가 많은 S아파트가 있다. 혜선네가 살던 아파트. 어렸을 때만 해도 S아파트는 S동 전체에서 유일한 아파트였고, 동네 아이들의 로망이었다. 놀이터가 있었기 때문이다. 놀이기구라고는 그네 두 개와 시소 세 개, 미끄럼틀 하나가 전부였다. 운 좋은 아이들은 그네를 타고, 대부분의 아이들은 널찍한 모래판에 두셋씩 짝을 지어 두꺼비집도 짓고, 소꿉놀이도 했다. 두 개밖에 안 되는 그네를 타기 위해서는 끝도 없이 줄을 서서 기다려야 했는데, 누가 새치기라도 할까 너무 바짝 붙어 있다가 그네판에 이마를 얻어맞기도 했다. 혜선은 그네를 넘겨주기 싫어 화장실에 가고 싶은 것도 참으면서 계속 타다가 옷에 오줌을 싼 적도 있다.

어느 날 S아파트는 윗동네와 연결되는 후문을 걸어 잠그고 '외부인 출입금지' 팻말을 달았다. 버스정류장에 가기 위해 주민도 아닌 사람들이 자꾸 아파트를 가로질러 다닌다는 이유였다. 외갓집에 다녀오던 엄마는 여느 때처럼 버스에서 내려 아파트 샛길로 집에 오다가 후문이 잠긴 것을 알았다. 찌는 듯한 더위에 판잣집의 몇몇 노인이 실려갔던 그 여름, 다시 아파트 정문까지 가서 단지를 빙 돌아 집에 돌아온 엄마는 땀을 뻘뻘 흘리며 활화산처럼 분노를 터뜨렸다.

"이것들이 길을 막아? 우리가 뭐 병이라도 옮겨? 아파트에 똥이라도 싸? 사방팔방 다니라고 길이지 막으라고 길인가? 저 인간들 우리 동네로 올라오기만 해봐, 아주 다리를 다 분질러놓을 테니까."

이 일로 아파트 주민과 윗동네 사람들 사이는 한동안 냉랭했다. 골목시장 상인들이 아파트 사람들에게는 물건을 안 팔겠다고 해서 싸움이 나기도 했고, 술 취해 밤중에 자물통을 깨뜨린 아저씨가 경찰서에 끌려가기도 했다. 윗동네 아이들은 누가 시키지도 않았는데 아파트 담벼락 너머로 과자봉지나 껌, 먹던 사탕 같은 것을 마구 던졌다. 어른들은 지름길을 잃었고, 아이들은 놀이터를 잃었다.

그렇게 몇 달, 어느 순간 자물쇠가 슬그머니 풀렸다. 하지만 아이들은 더 이상 아파트 놀이터에 가지 않았고, 어른들도 아파트 샛길을 잘 이용하지 않았다. 달동네에서 태어나 나와 비슷한 처지의 아이들과 어울려 자란 나는 그때까지 잘살고 못사는 것이 무엇인 줄도 몰랐다. 그런 내가 처음으로 느낀 '가난'이었다.

믿거나 말거나 S아파트가 생겨난 데에는 특별한 사연이 전해진다. 칠십 년대 초, 대통령이 서울을 돌아보다가 이 동네가 너무 더럽고, 사람들이 구질구질하다며 그걸 가릴 수 있게 입구에 아파트를 세우라고 지시했단다. 그리고 초고속으로 오층짜리 아파트가 지어졌다. 더러운 달동네를 가려주던 S동의 랜드마크, S아파트는 수십 년이 지나 흉물이 됐다. 온통 금이 간 것을 시멘트로 때운 흔적은 밤에 보면 섬뜩할 정도다. 자세히 보면 살짝 기울어진 것도 같고, 안전검사에서 위험판정을 받은 지 이미 오래인데 주민들이 쉬쉬한다는 소리가 있다.

작년 여름에는 S아파트에서 영화를 찍기도 했다. 낡은 아파트에서 벌어지는 연쇄 유아 실종사건을 소재로 한 공포영화였다. 늘 조용하던 아파트가 북적거렸다. 처음 보는 촬영 장비들이며 대형 차량들이 신기해 동네 사람들이 날마다 몰려가 구경했고, 특히 우리 엄마는 촬영장에서 살다시피 했다. 나도 종종 갔다.

영화는 일 년 만에 개봉했다. 왠지 집에 가기 싫던 금요일 저녁, 나는 회사 근처에서 혼자 밥을 먹고 혼자 영화를 봤다. 관객이 많지 않았고 에어컨 바람은 스산했다. 첫 장면은 S아파트 전경. 아무런 음악도 음향도 없이 고요한 한낮의 아파트를 한동안 보여주었는데, 그러다 어느 집의 창이 반짝, 켜지자 관객들이 낮게 비명을 질렀다. 오, 그것만으로도 정말 무서웠다.

지금도 종종 가로질러 다니는 건물 사잇길, 어렸을 때 놀던 놀이터, 무심히 올려보던 낡은 창틀과 열린 창 너머로 펄럭이는 빨랫감들을 공포영화의 한 장면으로 만나는 기분은 뭐라 설명할 수 없는 것이었다. 범인은 유괴, 살해당한 후 이 아파트의 빈집 벽장에 묻힌 아이 귀신이었다. 귀신은 단지 심심해서 친구들을 보내지 않았던 것이다. 우여곡절 끝에 실종되었던 아이들은 무사히 집으로 돌아갔고, 귀신은 혼자 빈집에 남아 울었다. 나도 울었다. 왜 그렇게 눈물이 철철 흘렀는지 모르겠는데, 엔딩 크레디트가 다 올라가고 음악이 다 끝나고 조명이 다 켜질 때까지도 나는 감정을 추스르지 못하고 울었다.

그날은 아파트를 가로질러 집에 가지 않았다. 주민 대부분이 떠나고 밤이 되어도 불 꺼진 집이 더 많은 S아파트. 혜선네도 몇 년 전 이사를 갔다. 벽의 균열이 유난히 깊어 보였다.

아버지는 등을 보이며 모로 누워 있고, 엄마는 그 앞에서 아파트 전단지를 보고 있었다. 아버지가 부드럽게 코 고는 소리가 낮고 규칙적으로 들렸다. 엄마는 이불을 당겨서 아버지의 머리를 덮어버렸다.

"초저녁부터 시끄러워 죽겠네. 아주 골이 다 울린다."

"일찍 들어오셨나봐요."

"요새 만날 그렇지 뭐."

아버지의 과일 가게는 과일과 채소 가게로, 또 과일과 채소와 생필품 가게로, 과일과 채소와 생필품과 붕어빵 가게로 살아남기 위한 변화에 변화를 거듭했지만 결국 망했다. 시장 입구에 구매 금액에 따라 스티커를 나눠주는 작은 종합 마트가 생기더니, 고객카드로 포인트를 적립하는 좀 더 큰 마트로 성장하면서 우리 과일 가게는 점점 어려워졌다. 그러다 마을버스로 십 분 거리에 주차장이 있는 대형 마트가 들어오면서 우리 가게를 포함한 시장과 시장 앞 마트도 같이 핵폭탄급 타격을 입었다.

대형 마트가 입점한다는 소문이 돌기 시작할 때부터 시장 마트 사장은 상가연합회와 주변 상인들을 매일 찾아다니고 대책위원회도 만들었다. 대형 마트가 들어서면 지역 상권이 몰살될 것이라며 본사에 가서 함께 항의 시위를 하자고 했다. 우리 가게에도 찾아와서는 아버지를 꼬박꼬박 사장님, 사장님, 하고 부르며 설득했다.

"사장님 가족의 생존권이 걸린 문제이자 사장님 자존심이 걸린 문제가 아니겠습니까. 따님 시집보낼 때까지는 일하셔야지요."

아버지는 예, 예, 하면서 고개를 끄덕이고 안내문도 두 손으로 받았다. 하지만 사장이 돌아가고 나자 나지막하게 중얼거렸다.

"고양이 쥐 걱정하고 있네. 내가 누구 때문에 이 모양인데. 썩을 놈."

"시위엔 가실 거예요?"

"미쳤냐?"

아버지는 미쳤다. 항의 시위에 갔다. 그것도 네 번이나 갔다. 그러거나 말거나 몇 달 뒤 대형 마트는 커다란 바람인형을 펄럭이며 성황리에 오픈했고, 날로 번창했고, 시장 마트는 결국 망했다.

우리 가게는 분식집으로 완전 전환했다. 처음에는 과일 가게를 할 때보다 좀 낫더니 곧 더 큰 폭의 적자를 기록했다. 지하철역 입구에 천 원 김밥을 파는 체인 분식점이 세 개나 생겼고, 곧 이십사 시간 떡볶이집까지 들어왔기 때문이다. 그때만 해도 아버지는 물정 모르고 여유로웠다.

"없는 동네 사람들은 매일 김밥으로 때우는 줄 아나, 김밥집만 줄줄이 생기게! 그리고 누가 오밤중에 떡볶이를 사먹어? 쟤들 석 달 못 넘기고 망한다, 다 같이 망한다, 내가 장담한다!"

그러나 김밥집들은 모두 밥때마다 줄을 서서 기다려야 할 정도로 잘됐고, 사람들은 밤새 떡볶이를 사먹었다. 망하게 생긴 것은 우리였다. 이제 망하는 데에도 진력이 나다못해 도가 튼 아버지는 크게 실망하지도 분노하지도 않았다. 일하는 아줌마들을 내보내고 혼자 김밥도 말고, 순대도 썰고, 떡볶이도 볶았다. 고민 끝에 타깃 연령층을 아예 학생들로 낮추어 컵볶이, 꼬마김밥 같은 저렴한 메뉴를 전면에 내걸었고 슬러시 기계도 들여놓았다. 아이들의 코 묻은 돈이 쉽게 들어오는 듯했지만 그것도 반짝이었다. 엎친 데 덮치고 들이붓는 격으로 같은 건물 이층의 보습 학원이 문을 닫으면서 학생들의 발길마저 뚝 끊겼다.

아버지는 점점 가게 문을 닫는 시간이 빨라졌고, 귀가 시간도 빨라졌고, 취침 시간도 빨라졌다. 그즈음 내가 취직해 월급을 받았기에 망정이지, 그 알량한 월급마저 없었다면 우리 세 식구는 말 그대로 굶었을 것이다.

엄마가 전단지 몇 장을 코앞까지 들이밀었다. 전단지 속 아파트들은 화려했다. 하늘의 색이 오묘했고, 석양빛에 물든 구름 뒤에서 여의주를 입에 문 용이 날아 나온대도 어색하지 않을 것 같다. 드넓은 초록 잔디 가운데에 우뚝 솟아 할로겐빛을 뿜는 건물들이야 그렇다 치고 야트막한 뒷산과 단지를 둘러 흐르는 개천은 어쩌려고. 아파트만 짓는 게 아니라 산도 쌓고 물길도 팔 건가봐. 맨해튼이 따로 없다. 아마, 그럴 것이다. 나는 사실 미국에 가보지 못했다. 여권도 없다.

"뭐가 좋아 보이니?"

"이 아파트들을 여기에 짓겠다는 거야?"

"주민들이 이중에서 살고 싶은 아파트를 정하면 그 회사에다가 건설을 맡기겠다는 거야. 서로 자기들이 아파트 짓겠다고 난리라더라."

"전에도 그랬잖아. 몇 번이나 재개발을 합네 뉴타운을 합네 그러다가 결국 엎어지고."

"이번에는 진짜야."

방금까지 코를 골던 아버지가 이불을 걷어내며 크흠, 크고 길게 헛기침을 했다.

'별빛이 흐르는 다리를 건너 바람 부는 갈대숲을 지나 언제나 나를, 언제나 나를, 기다리던 너의 아파트……'

아버지의 십팔번이었다. 내 가장 오랜 기억 속에서도 아버지는 이 노래를 흥얼거리고 있다. 낡은 밥상을 조심스럽게 딛고 서서 두 팔을 쭉 올리고, 늘어진 메리야스가 들려 올라가 볼록한 배가 드러난 채로 능숙하게 새 형광등을 그을린 소켓에 끼우며 아버지는 노래했다. '머물지 못해애 떠나가 버리인 너를 못 잊허어어어.' 내게 종이비행기를 접어주면서도 불렀다. 가게에서 사과박스를 옮기면서도 불렀고, 김밥을 말면서도 불렀고, 술을 마시면서도 불렀다.

　아버지가 쉬는 날이면 음악 소리보다 테이프 돌아가는 덜걱덜걱 소리가 더 큰 오래된 카세트에서 온종일 윤수일의 목소리가 흘러나왔다. 가요 〈아파트〉가 초인종 소리로 시작된다는 것을 모르는 사람들이 많다. 두 번의 초인종 소리. 잠시 후 다급하게 이어지는 다섯 번의 초인종 소리. 띵동 띵동. 띵동띵동띵동띵동띵동! 그리고 다음이 그 유명한, 빰빰빰 빠라빠빠빰.

　내게 아파트는 '초인종'이었다. 그때 우리 집에 초인종이 있었나? 대문은 닫혀 있는 날보다 열려 있는 날이 더 많았고, 닫혔다 해도 거의 잠겨 있지 않았다. 동네 아줌마들은 마니 엄마, 부르는 동시에 문을 벌컥 열고 들어섰고, 우체부 아저씨나 통장 아줌마는 열린 대문을 의례적으로 두드리며 계세요, 하고 물었다. 아무튼 초인종을 누르는 사람은 아무도 없었다. 아파트 사람들은 띵동, 새침하고 앙증맞은 소리로 방문을 알리는구나. 뭔가, 뭐랄까, 교양 있다! 어린 내 느낌은 그랬다. 아파트 사람들은 교양이 있다. 지금은 흥, 교양은 개뿔. 그냥 돈이 있는 거겠지.

　아파트 얘기가 처음 나온 게 벌써 이십 년 전이다. 전국적으로 재개발 사업이 진행되던 때였고, 당연히 우리 동네도 재개발 대상으로 꼽혔다. 엄마는 뭔가가 달라진다는 사실을 두려워했고, 아버지는 속을 알 수 없었고, 나는 막연히 공사를 하는 동안 외가에서 살아야 하나 생각하고 있었다. 이런저런 소문들이 뭉게뭉게 피어오를 뿐 당장 땅을 파는 것도 아니고 집을 허무는 것도 아니라 동네 사람들은 마음만 들떠 있었다. 그 와중에 엄마는 재개발이 되면 집주인들에게 아파트가 한 채씩 주어진다는, 아예 틀린 말은 아니지만 그렇다고 맞는다고도 할 수 없는 정보를 어디서 듣고는 당장 불도저로 동네를 다 밀어버릴 것처럼 흥분했다.

일단 재개발조합이 필요했는데, 조합을 설립하기 위해서는 또 조합 설립추진위원회가 있어야 했다. 조합을 만들겠다는 건지 그 추진위원회를 만들겠다는 건지 그 위원을 하겠다는 건지 이 사람 저 사람 와서 자꾸 동의서에 도장을 찍어달라고 했고, 엄마는 화장대 깊숙이 있던 아버지의 인감을 꺼내서 팡팡 찍어줬다. 동의해서라기보다는 도장 찍는 걸 좋아했던 것 같다. 곧 언덕 입구 전봇대에 재개발 축하 플래카드가 붙었고 간판에 '재개발'이니 '뉴타운'이니 하는 단어가 들어가는 부동산들이 줄줄이 생겼다. 이제 사업 인가가 떨어지고 시공사가 정해질 거라고 했다. 그런데 딱 거기서 멈추었다. 인가가 됐다고 했다가 아니라고 했다가 거의 됐다가 국회의원 선거가 다가오며 또 주춤거렸다.

유세장에서는 재개발, 뉴타운, 아파트, 이런 말밖에 들리지 않았다. 주민들의 기준도 오직 한 가지였다. 누가 아파트를 빨리 지어줄 것인가. 하지만 그 단순한 잣대 하나로도 판단이 쉽지는 않았다. 모든 후보가 지역민의 숙원 사업인 재개발을 빠른 시일 내에 성공적으로 해내겠다는 공약을 내걸었기 때문이다. 시장과 같은 당이고 친분도 있으니 밀어달라는 후보도 있었고, 이전 지역구에서 경험이 있다며 자신만만해하는 후보도 있었고, 자신도 재개발을 기다리는 지역 토박이임을 강조하는 후보도 있었다. 어쨌든 그중 한 명은 당선됐을 테니 아파트가 쭉쭉 올라갔어야 했는데 결과는 그렇지 못했다. 경기가 안 좋았고, 부동산 시장이 안 좋았고, 사업 분담금은 오르는데 기대 수익은 낮아지고 있었다.

일이 엎어질 때마다 아파트에 대한 엄마의 열망은 무섭게 부풀어올랐다. 사실 동네 사람들 대부분이 그랬다. 물정도 모르는 엄마를, 또 엄마와 비슷한 가난한 이 동네 사람들을 탓할 수 있을까. 그것은 투기나 허영이 아니었고 우리 엄마는 복부인이 되려는 게 아니었다. 육칠십 년대, 말죽거리의 농민들은 순식간에 갑부가 됐다고 하지만, 더 이상 재개발로 그런 떼돈을 손에 쥘 수 없다는 것쯤은 다들 알고 있었다.

그들은 부자가 되겠다는 것이 아니었다. 그저 멀끔한 집에 한번 살아보았으면 했고, '아파트'는 그 멀끔한 집의 가장 가깝고 쉬운 이름이었다. 이 동네 사람들에게 '아파트'는 '물 잘 나오고, 여름에 곰팡내 안 나고, 겨울에 수도관 터지지 않는 집'으로 통했다. 길 반듯하고, 아이들이 안전하게 뛰어놀 놀이터가 있고, 명절이라고 찾아온 자식들이 차를 세울 수 있는 주차장이 있고, 밤이면 경비 아저씨가 손전등으로 골목골목을 비춰주는 그런 아파트.

아버지는 아예 벌떡 일어나 앉았다.

"아, 다, 다녀왔습니다."

뒤늦은 내 인사에 아버지는 말없이 손을 내저었다. 알았다는 건가. 됐다는 건가. 듣기 싫다는 건가. 뭔가 말하려는 듯, 콧구멍을 키워 크게 숨을 들이켜더니 그 숨을 그대로 내뱉어버리고는 다시 벌러덩 등을 보이며 누웠다. 엄마는 안구의 실핏줄이 터질 듯이 힘껏 아버지를 노려봤다. 엄마는 아파트 얘기가 나올 때마다 잘 모르면 가만있으라고 찬물을 쫙쫙 끼얹는 아버지를 못마땅해했다.

"일이 이렇게 착착 진행되고 있는데 왜 저렇게 초를 치는 거야? 저 식

초 같은 인간! 저 빙초산 같은 인간!"

나는 괜히 눈치가 보여 심기가 불편한 아버지를 대신해 말했다.

"무조건 다 주는 건 아닐 것 같아, 엄마. 생각을 해봐, 우리는 집이 열 평밖에 안 되잖아. 근데 황씨 아줌마네 집 봐, 서른 평 넘지? 그리고 저 삼층집은 삼층이고. 근데 똑같은 아파트를 한 채씩 줄 수는 없지 않을까?"

"황씨네하고 삼층집은 더 넓은 집으로 주겠지. 뭐, 그거야 집 짓는 사람들이 알아서 할 일이고. 아! 나는 이게 마음에 들어. 바로 앞에 공원도 있잖아?"

엄마, 상기 그림은 이미지일 뿐 사실과 다를 수 있대. 왜 이런 중요한 문구들은 항상 깨알만 한 글씨로 써놓는 걸까.

무슨 전투기가 어디로 지나간다는 것인지 알 수 없으나 이 동네는 고도제한에 걸리기 때문에 층수를 올리는 데에 한계가 있다고 들었다. 제아무리 대단한 건설사가 선정된다고 해도 아파트를 원하는 만큼 쑥 뽑아내지 못한다는 뜻이다. 그런데 그 아파트에 들어가겠다는 사람들은 남해바다 죽방 안의 멸치처럼 우글우글하다. 놀고 있는 땅이라고는 딱 지치기 할 만큼도 없는 동네. 채 이십 평이 안 되는 작은 주택들이 따닥따닥 붙어 있고, 최근에 지은 빌라나 연립들은 세대 수가 말도 못하게 많다. 그래도 건설사와 조합 간부들은 알뜰살뜰 남겨 먹겠지. 분담금이 엄청날 것이고 불쌍한 동네 사람들이 길거리에 나앉는 건 순식간이다.

나는 차마 오늘 해고당했다는 말을 하지 못했다. 엄마의 니트 소매 밖으로 검붉은 보풀이 일어난 낡은 자줏빛 내복이 삐져나와 있다. 벌써 내복을 입기 시작했구나, 엄마. 아파트 나부랭이가 문제가 아니라 당장 먹고살 게 문제라고, 집안의 유일한 소득원인 내가 어떻게 말할 수 있을까? 아참, 아버지도 벌긴 벌지.

실직한 가장들이 왜 매일 아침 양복을 차려입고 집을 나서는지, 왜 공원에서, 산에서 꽁꽁 얼어붙은 김밥을 눈물로 삼키는지 알 것 같다. 아마 나도 내일 아침 일곱 시 삼십 분에 집을 나서게 될 것이다. 그래도 김밥 전문점에서 김밥을 사지는 않겠다. 내 억울한 상황을 부모님께 털어놓고 진심 어린 위로를 받을 수 없다는 사실보다 일이 없음에도 불구하고 늦잠을 못 잔다는 사실이 더 속상하다. 나는 아침잠이 많다. 게다가 저혈압이라 아침에는 진짜 기운이 없단 말이다. 아파서 월차 쓴다고 하고 늦잠 잘까? 모레는 또 어쩌고?

만약 그때 계속 체조를 했더라면…… 나는 이불을 머리끝까지 뒤집어쓰고 누워 이런 쓸데없는 생각을 했다.

88년 겨울, 동네 체조 모임이 없어진 후에도 나는 체조를 계속 배웠다. 엄마 덕분이었다. 그때도 아버지는 잘 모르면 가만있으라고 엄동설한 계곡물 같은 찬물을 퍼부었지만, 엄마는 멈추지 않았다. 엄마처럼 잘 모르던 나도 멈출 수 없었다.

다른 아이들이 나보다 실력은 더 좋았다. 열정으로만 따지자면 나는 혜선의 발뒤꿈치도 따라가지 못했다. 그런데 눈물바람이던 마지막 모임 이후에 아이들은 변했다. 오히려 그때 우리 참 우스웠다며 서로의 동작을 흉내내고 깔깔 웃었다. 이해할 수가 없었다. 그 뜨거웠던 가을, 눈물의 겨울을 어떻게 순식간에 웃음거리로 만든단 말인가. 친구들은 모두 쉽사리 열병에서 빠져나오지 못하는 나를 비웃었다.

"우리가 한 게 정말 리듬체조인 것 같아? 아니야! 우리는 흉내도 못 내."

"너 다리 앞뒤로 쫙 벌릴 수 있어? 옆으로는? 허리 굽혀서 바닥에 손가락은 닿고? 그것도 못 하잖아."

"네가 잘 못한다는 말이 아니야. 우리 모두, 모두 다 못해. 우리는 이미 글렀어."

마지막 체조 모임이 있던 학교 뒤뜰에서 누구보다 담담했던 나다. 그런데 그날은 크지도 않은 내 두 눈에서 얼어 터져버린 수도관처럼 눈물이 콸콸 솟구쳤다. 생각할수록 서러워 눈물과 콧물이 범벅이 되어 울부짖었다.

"그럼, 흑, 그동안, 흐흑, 우리가 했던 건, 흑흑, 그건 다 뭐야? 으흐흐흐흑, 너희들은, 어떻게 그렇게 쉽게 꿈을 버릴 수 있어?"

아무 말 없이 나를 지켜보던 혜선이 말했다.

"그럼 넌 계속해! 안 말려."

그날 이후 친구들과 멀어졌던 것 같다. 냉정한 그 아이들이 원망스러워 내가 피하기도 했고, 정상이 아니라며 친구들이 나를 피하기도 했다. 무엇보다 나는 이듬해인 열 살 때부터 정식으로 리듬체조를 배우느라 바빠 친구들과 어울릴 시간이 없었다. 지금 생각해보면 결국 각기 다른 중학교에 진학하고, 또 다른 고등학교에 진학하며, 모두들 소원해졌으니 아쉬울 것도 없었다. 어차피 멀어질 사이였다는 뜻이다.

나는 온갖 역경과 주변의 곱지 않은 시선에도 꿋꿋하게 리듬체조를 시작했고, 그리스신화의 여느 주인공들처럼 비극적으로 체조를 그만두었다. 만약 그때 내가 운명에 당당히 맞섰다면. 계속 체조에 매진했다면. 체조 불모지인 이 땅에서 신수지, 손연재 저리 가라 하는 체조 요정이 됐을지도 모르는 일이다. 좋은 대학도 가고, 돈도 많이 벌고, 애초에 아파트로 이사도 했을 것이다. 지금쯤은 코치가 되어 후배를 양성하고 있겠지. 하지만 체조 코치가 되었다 해도 내일 아침에는 일찍 일어나야 할 것이다. 그거 하나 위안이라면 위안이 된다.

나는 체조를 하고 싶다고 말했다

아버지의 표현에 의하면, 엄마는 나사 하나가 살짝 풀린 사람이다. 수백 개의 나사 중에서 단 하나가, 아예 빠진 것은 아니고 꽉 조여지질 않았단다. 어딘가 균형이 안 맞는 것 같은데 멀쩡히 서 있고, 흔들어보면 분명 달가닥거리는데 어디에서 나는 소린지 알 수 없고, 작동시키면 달달달 조금씩 떨면서도 별 문제 없이 잘 돌아가는 그런 사람. 어렸을 때는 잘 몰랐는데 자랄수록 아버지가 지혜로운 사람이라는 생각이 든다.

엄마는 우리 반에서 가장 젊은 엄마였다. 나와 말도 잘 통했다. 엄마는 나의 가장 좋은 친구였다. 한때는, 그랬다. 나는 어렸을 때부터 내가 듣고, 보고, 경험한 모든 일을 엄마에게 종알종알 털어놓았는데, 엄마는 내 얘기를 항상 잘 들어주었다.

그때는 아버지가 싫었다. 내가 무슨 말을 해도 듣지 않고, 들어도 대꾸하지 않는 아버지가 답답했다. 쉬는 날이면, 하필 벽을 보고 누워 잠만 자는 아버지. 나에게 아버지는 대답 없는 커다란 등짝일 뿐이었다. 엄마는 왜 아버지와 결혼했을까. 내가 물으면 엄마는 쓸쓸한 눈으로 허공을 보며 대답했다.

"외할아버지도 만날 그런다, 내가 달리 모자란 게 아니라고……"

엄마 말대로 외할아버지는 말끝마다 엄마에게 모자란 년, 모자란 년, 했다. 듣기 싫었지만, 아까운 딸을 가난뱅이에게 시집보낸 한풀이겠거니 생각하고 넘겼다.

갑부까지는 아니어도 외가는 제법 넉넉했다. 외할아버지는 엄마가 어렸을 때부터 쌀집을 했는데 돈을 꽤나 만졌다고 한다. 그런 집의 외동딸이다. 엄마는 동네에서 혼자 양장 원피스를 입고 다니는 아이였다고 한다. 그 시절에 피아노도 배웠고, 입주 가정교사를 두고 과외도 했고, 자가용과 운전기사도 있었단다. 그럼에도 엄마는 피아노도 못 쳤고, 공부도 못했고, 중학교에 다닐 때까지 집을 잘 못 찾았다. 기사를 고용한 건 그 때문이었다. 외할아버지는 가부좌를 틀고 앉아 몸을 좌우로 흔들며 낮게 중얼중얼하곤 했다.

"저거 때문에 집안 말아먹었지. 저게 살짝 모자라지만 않았어도. 아예 못쓰게 나왔으면 포기했을 텐데. 겨우 저만큼이라도 사람구실하게 만들어놨더니…… 저 모자란 년."

엄마는 대꾸 없이 고개를 끄덕이는 것으로 외할아버지의 의견에 동의했다. 현실을 정확히 인지하고 있는 것을 보면 엄마는 정상이다. 그런데 인지한 현실이라는 게 '자신의 모자람'이다. 엄마는 정상이 아니지만, 정상이 아닌 엄마가 스스로 정상이 아니라고 하는 말은 믿을 수가 없으니, 정상이 아닌 엄마는 정상이 아닌 것이 아닐 수도 있다. 논리 퀴즈에나 나올 것 같은 문제다. 초록색 옷을 입은 사람이 '초록색 옷을 입은 사람은 거짓말쟁이다'라고 말한다면 초록색 옷을 입은 사람은 거짓말쟁이일까, 아닐까. 뭐, 이런 문제.

사실 엄마에게 큰 문제는 없다. 그런데 발작하듯, 어쩌다 한 번씩, 나사가 풀려버리는 순간이 있다. 일상생활에 지장이 있을 정도는 아니지만 어쨌든 이해할 수 없는 행동을 하는 것이다. 특히 낯선 장소에서 엄마는 종종 정신을 놓는다.

6학년 때였다. 엄마와 외출했다가 내려야 할 버스정류장을 지나친 적이 있다. 대여섯 정류장 정도 지나왔기 때문에 나는 길 건너 맞은편 정류장에서 같은 번호의 버스를 타고 되돌아가자고 했다. 꽤 많은 정류장을 지나왔다는 것을 엄마도 알고 있었다. 반대편 차선에는 우리가 타야 할 버스가 우리가 가야 할 방향으로 달리고 있었고 차비도 충분히 있었다. 그런데 엄마는 그냥 걸어가자고 했다. 내가 아무리 설명해도 엄마는 버스를 타면 돌아갈 수 없을 것 같다고 버텼다. 우리는 횡단보도 앞에서 고래고래 소리를 지르며 싸웠고, 결국 나는 엄마의 손을 잡고 사십 분쯤을 걸어서 되돌아갔다.

외할아버지가 최고로 꼽는 엄마의 '모자란 짓'은 아버지를 만난 것이다. 외할아버지는 엄마를 평범하게 키우기 위해 무척 애를 썼다고 한다. 이상하게 말이 늦고, 걸음마가 늦고, 기저귀 떼는 것이 늦더니 공부도 못했다는 엄마. 외할아버지는 그런 엄마를 어르고 달래가면서 공부를 시켰다. 그렇게 해서 엄마는 겨우 서울 근교에 있는 전문대학에 붙었다.

공부 못하는 딸을 굳이 멀리 있는 대학까지 보내는 부모가 흔치 않던 시절이다. 동네 사람들이 모두 쓸데없는 짓을 한다고 비웃었단다. 하지만 외할아버지는 뜻을 굽히지 않았다. 대학을 나오면 뭔가 다를 거라고, 시집이라도 좀 더 나은 집에 갈 수 있을 거라고 믿었기 때문이다. 그러느라 외가의 많던 재산은 거덜이 났고, 엄마는 외할아버지가 기둥뿌리 뽑아 보내놓은 대학의 건물 공사현장에서 잡부로 일하던 아버지와 결혼했다. 아, 그때나 지금이나 왜 세상의 모든 학교는 항상 공사 중인가. 엄마는 그렇게 어렵게 들어간 대학을 다 마치지도 못했다.

나중에야 알았지만, 엄마는 첫 학기도 마치기 전에 나를 임신했다. 집에서 쫓겨났고, 학교를 그만뒀다. 그러니까 순서가 '임신-동거-출산-결혼' 이렇게 되는 셈이다. 물론 결혼식은 못했고, 내 출생신고를 위해 급히 혼인신고만 했단다. 둘이 어떻게 처음 만났는지, 누가 먼저 좋아하게 됐는지, 누가 어떻게 고백했고, 어떻게 시작됐고, 어쩌다가, 더 정확하게 말하자면 엄마의 등하굣길은 항상 기사가 데리고 다녔다는데 도대체 언제 아이까지 만들었는지 두 사람은 끝까지 말해주지 않았다.

내가 알고 있는 한 아버지에게는 가족이 없다. 그리고 고등학교를 다녔는지, 마치기는 했는지도 잘 모르겠다. 매년 가정환경조사서를 작성할 때마다 아버지의 말이 달라졌다. 중졸이랬다 고졸이랬다 고등학교 중퇴라고도 했다. 가진 것도, 배운 것도, 가족도 없는 막노동꾼과 부잣집 여대생의 만남.

티브이 다큐멘터리 프로그램에서 한 명문여대생과 그 여대 앞에서 붕어빵을 팔던 남자의 결혼 이야기를 본 적이 있다. 남자는 당당하게 용기를 냈고, 여자는 그의 진심을 알아보았다. 가족들의 반대는 각오했던 것보다 훨씬 혹독했지만 그 가운데 둘의 믿음은 더욱 단단해졌다.

언젠가 다시 학교 앞으로 돌아가 함께 붕어빵을 굽고 싶다는 젊은 부부의 말에 나는 콧잔등이 시큰해졌고, 순간 화들짝 깨달았다. 우리 부모님하고 비슷한데? 그런데 우리 집은 왜……

　엄마는 끊임없이 화를 냈고, 아버지는 한결같이 무덤덤했다. 엄마의 짜증이 극에 달하고, 아버지의 무관심도 심각한 수준에 이르렀을 때, 나는 가족의 고민을 해결해준다는 한 텔레비전 프로그램에 사연 신청을 했다. 이러다가 어느 날 두 사람이 폭발할 것만 같았기 때문이다. 며칠 후, 방송국 관계자라는 사람이 전화로 이것저것 물어봤다.

　"부모님이 자주 싸우세요?"

　"아…… 싸우지는 않아요."

　"서로 폭력을 쓰는 일도 없겠네요?"

　"그렇죠."

　"그럼 혹시 두 분 중에 술이나 도박을 하시는 분이 있나요? 아니면 외도를 했다든지?"

　"제가 알기로는, 그런 건 없어요."

　"누가 가출을 한 적이 있나요?"

　"아니요."

　"음, 그럼 같은 집에 살면서도 서로 투명인간처럼, 그렇게 지내시는 건가요? 서로 말도 안 하고, 밥도 따로 먹고, 잠도 따로 자고요?"

　"같이 주무시던데."

　"저기…… 대체 뭐가 문제라는 말씀이신지?"

　그 전화통화를 통해 나는 깨달았다, 두 사람 사이에 아무 문제가 없다는 것을. 딱히 행복하지는 않았지만, 아무 문제도 없는 날들이 계속됐다.

체조 모임이 와해되고 할 일이 없어진 나는 수업이 끝나자마자 집에 와서 가방은 던져놓고 안방에 누웠다. 그리고 뒹굴었다. 말 그대로, 아무 하는 일 없이 그냥 막 뒹굴었다. 아직 티브이 정규방송 시간이 되지 않아 할 일이 없었다. 나는 엄마 옆에 누워서 뒤척이다가 잠이 들면 자고, 엄마가 깨우면 일어나서 밥을 먹고, 엄마와 같이 티브이를 보다가 내 방으로 건너가 숙제를 해놓고 또 잠을 잤다. 엄마는 좋아하는 눈치였다.

"안 그래도 너 체존지 꼴값인지 그만하고 일찍 일찍 다니라고 할 참이었어. 홍콩할매가 늦게 다니는 애들 잡아 간다더라. 조심해."

"엄마, 나 그런 거 안 믿거든?"

"진짜야. 요새 파출소에 애들 실종신고가 엄청 들어온대. 겸이네 엄마가 저기 시장 앞 파출소 순경한테 들었다더라. 홍콩할매가 달리기 엄청 빠르다며. 백 미터를 구 초에 뛴대."

엄마가 너무 진지한 표정으로 근거 따위 하나도 없는 얘기를 마구 늘어놔서 나는 잠깐 헷갈렸다. 뭐지? 나를 속이려는 건가. 설마 진짜 저 얘기를 믿는 건가. 내가 움찔 몸을 뒤로 빼고 이런저런 계산으로 머릿속이 복잡할 찰나 엄마가 덧붙였다.

"작년에 비행기 사고 났었잖아. 김현희. 마유미 말이야. 그 비행기에 탔던 할머니래. 할머니는 그때 죽었는데 같이 있던 고양이가 살아가지고 그 고양이 귀신이 붙은 거라더라."

비행기를 타본 적이 없어서 고양이가 비행기에 탈 수 있는지는 잘 모르지만 일단 탈 수 있다 치고, 할머니가 죽고 고양이가 살았으면 고양이한테 할머니 귀신이 붙어야지 죽은 할머니한테 살아 있는 고양이 귀신이 붙는다는 건 도대체 무슨 소리야. 그런데 많은 아이들이 엄마와 똑같은 얘기를 했다. 철석같이 믿었고 몹시 두려워했다.

종일 우중충하게 겨울비가 오던 날, 혜선은 어두운 하늘이 무서워 집에 가지 못하고 불 켜진 교실에 앉아 울었다.

"밤인 줄 알고 홍콩할매가 나타나면 어떡하지?"

비행기 폭발 사고로 귀신이 되어 백 미터를 구 초에 주파하시는 홍콩할매가 설마 낮밤 구분을 못할까. 하지만 결국 내가 S아파트까지 혜선을 데려다주었다. 현관으로 쏙 들어가면서야 혼자 돌아가야 할 내가 걱정됐던지 혜선은 서랍장에서 손전등을 하나 꺼내 왔다. 나는 괜찮다고 손전등을 다시 혜선에게 건넸다. 혜선은 내 손을 끌어당겨 손바닥에 손전등을 올려놓고는 내 손가락을 하나하나 접어 꼭 쥐게 했다.

"아니야, 가져가. 잘 비추면서 가. 꼭."

그리고 돌아서려는 나에게 당부했다.

"혹시, 만약에, 가다가 홍콩할매를 만나면 말끝에 꼭 홍콩, 이라고 해. 그러면 괜찮대."

"알았다, 홍콩."

하늘은 여전히 어두웠고, 손전등의 불빛은 너무 약했다. 나는 둥그런 손잡이 끝에 신발주머니까지 걸어 더욱 무거워진 우산을 한 손으로 들고, 다른 손으로 손전등을 들었다. 그렇게 혜선네 아파트단지를 빠져나와 골목을 지나 언덕을 올랐다.

낡은 우산으로 비를 가리고 흐린 빛으로 발끝을 겨우 비추면서 걷는 길. 멀고 지루하고 팔다리도 아팠지만 무섭지 않았다. 맑은 날에도 종종 등이 오싹해지곤 하는 외진 뒷길을 혼자 걷는데 흥얼흥얼 노래까지 나왔다. 손전등 때문이었을 것이다. 주변을 환하게 밝혀주어서가 아니라 오로지 내 발끝을 비춰주어서, 나는 무섭지 않았다.

홍콩할매 얘기가 뉴스에도 나왔다는데, 나는 보지 못했다. 홍콩할매 소문 때문에 아이들이 겁을 먹었다는 내용이 아니었을까 싶지만 아이들은 홍콩할매가 〈아홉 시 뉴스〉에 나왔다고, 진짜라고, 더욱 호들갑을 떨었다. 이후에 할머니는 이런저런 어린이 인형극과 영화에도 등장했다. 그럴듯한 분장과 특수효과에도 불구하고 상상했던 것에 비해서는 그닥 무섭지 않았다. 오히려 아이들을 홍콩할매의 공포에서 벗어날 수 있게 해주었고, 그렇게 홍콩할매는 서서히 아이들의 기억에서 사라져 갔다.

겨울에는 하루에 한 번, 학교 가기 전에만 세수를 하고, 발을 닦고, 양치질을 했다. 머리는 삼 일에 한 번 정도 감았다. 내 이불에서는 늘 퀴퀴한 냄새가 났는데, 생각해보니 발을 안 닦고 이불을 덮었기 때문인 것 같다. 따뜻한 물이 안 나오기는 했지만, 그렇다고 하루에 한 번만 씻은 것은 지금 생각해도 너무 심했다. 그래도 그때 내게 지저분하다거나 냄새난다고 말하는 아이는 한 명도 없었다. 그 시절 동네 아이들은 대부분 겨울만 되면 얼굴빛이 어두워졌고, 무심결에 긁기라도 하면 허연 각질이 일어났다. 다들 그렇게 겨울을 났다. 겨울은 우리들에게 춥고, 또 더러운 계절이었다.

어느 날, 학교를 마치고 집에 왔는데 엄마가 없었다. 늘 집에만 있고, 외출을 하더라도 내 하교 시간 전에 꼭 돌아왔던 엄마가 없다. 가끔 길을 잃어버리는 엄마, 종종 말도 안 되는 억지를 부려 이웃들과 싸우는 엄마, 당황하면 집 전화번호도 잊어버리는 엄마, 그런 엄마가 집에 없다! 그런데 나는 걱정하지 않았다. 혼자만의 시간이 좋아서 문을 걸어 잠갔다. 엄마에 대한 최초의 배신. 옷장을 열어 엄마의 원피스도 입어보고, 핸드백도 매어보고, 굽 높은 구두도 신어보았다. 화장대 서랍도 다 열어서 화장품 하나하나 냄새를 맡아보았다.

엄마의 돋보기가 눈에 들어왔다. 화장대 거울 앞에는 항상 돋보기가 있었다. 커다란 알이 까만 플라스틱 손잡이에 둘러싸여 있는 자연 관찰용 돋보기. 우리 집에는 돋보기가 필요할 만큼 눈이 나쁜 사람이 없었고, 신문이나 책 같은 활자를 보는 사람도 없었다. 엄마가 겨드랑이 털을 뽑을 때 사용하는 돋보기였다. 거울에 바짝 붙어 한 손에는 돋보기를 들어 같은 쪽 겨드랑이를 비추고, 다른 한 손에는 족집게를 들어 털을 뽑는 엄마의 모습은 기괴하기 짝이 없다. 말로 설명하면 아무도 믿지 않는다. 그런 자세가 불가능하다는 것이다. 추해서 그렇지 가능은 하다. 뭐, 혀로 팔꿈치를 핥을 수 있는 사람도 있다는데.

나는 안방의 반투명 창문을 열었다. 나무 창틀은 아무리 힘껏 밀어도 한 번에 시원하게 열리지 않았다. 매년 덧칠한 페인트 때문이었다. 봄이 되면 집 안 대청소를 하면서 문과 창틀에 페인트칠을 새로 했는데, 그 얇은 페인트가 여러 번 덧입혀지면서 창틀 사이의 틈새를 메운 것이다. 엄마는 페인트칠을 하면 새집 같아 기분이 좋다고 했지만, 대신 창문도 잘 안 열리고, 방문도 잘 안 열렸다. 물론 잘 닫히지도 않았다. 그래서 우리는 여름에는 내내 창문을 열어놓고 살고, 겨울에는 내내 닫아놓고 살았다. 사계절 뚜렷한 기후가 무색하게도 우리 집에는 두 계절밖에 없었다. 창문이 열려 있으면 찬바람이 들어와도 여름이고, 창문이 닫혀 있으면 좀 후덥지근해도 겨울이다. 여름과 겨울은 아버지가 정했다.

갑자기 날씨가 추워졌던 88년 겨울, 초가을부터 닫혀 있던 창문을 힘껏 밀었다. 끈적끈적하게 달라붙어 좀처럼 열릴 기미가 보이지 않던 창문이 확 열렸고, 금세 찬바람이 방 안으로 들어왔다. 나는 엄마의 돋보기를 가져다 이리저리 초점을 맞춰보았지만 햇빛이 모이지 않았다. 정확히 말하면 모이지 않는 것이 아니라 햇빛이 없었다. 나는 방범용 철창에 매달려 해가 어디에 떠 있는지 한참을 찾았다. 철창 때문에 머리를 창밖으로 내밀 수 없었다. 얼굴은 철창에 짓이겨졌고, 눈알은 머리 대신 창밖으로 빠져나갈 듯했고, 이상하게 입이 씰룩거렸다. 지나가던 동네 꼬마가 나와 눈이 마주치더니 흠칫 놀라 후다닥 뛰어갔다.

잘 보이지는 않지만 왼쪽에서 해가 비치는 것 같다. 이제 오후니 왼쪽이 서쪽이라 치면…… 젠장, 밤새 연탄을 미친 듯이 활활 태워도 엉덩이만 뜨겁고 앞니를 덜덜 부딪히도록 추운 우리 집은 완벽한 북향이었던 것이다.

나는 할 수 없이 돋보기를 들고 마당으로 나갔다. 내 다리 길이로도 한 발짝이 채 안 되는 좁은 마당에는 개도 없는 개집 하나가 신발장 대신 덜렁 놓여 있다. 개집 안에는 낡고 작은 신발들이 막 태어난 개새끼들마냥 뒤엉켜 있다. 나는 대문을 살짝 열고 방향을 잘 살펴 돋보기를 갖다댔다. 햇빛이, 모인다! 머리카락을 하나 뽑아 초점 끝에 댔더니 금세 고소한 냄새를 내면서 타들어갔다. 공책을 한 장 찢어 와서 태우기 시작했다. 아래로, 옆으로, 또 아래로…… 종이를 태워 글씨를 써나갔다. 겨울의 햇빛은 생각보다 더 약했고, 두꺼운 종이는 잘 타지 않았다. 그렇게 얼마나 시간이 지났을까. 눈이 침침해지고 어깨가 결려 올 즈음 글씨가 완성됐다. 바. 보. 이런 글자를 쓸 생각은 아니었는데.

그때 삐걱, 소리를 내며 대문이 마저 열렸다. 엄마였다. 나는 한 손에는 엄마의 겨드랑이 전용 돋보기를, 한 손에는 '바보'라고 쓰여 있는, 'ㅂ'의 네모는 뻥 뚫려버린 종이를 여봐란 듯이 들고 쭈그려 앉아 엄마를 올려다보았다. 엄마는 나와 종이를 번갈아 보고는 충격을 받은 듯 그대로 그 자리에 얼어붙었다.

"너. 마니, 너……?"

아니야, 엄마! 엄마보고 바보라고 하는 게 아니야! 이상하게도 말이 시원하게 입 밖으로 나오지 않아 더듬거리고만 있었다.

"엄마. 아니, 그게, 이게……"

"마니, 너, 혹시 이상을 아니?"

에?

"이상의 〈날개〉를 아는 거야?"

고등학교 때 이상의 소설 〈날개〉를 읽고 나서야, 엄마가 갑자기 왜 날개 타령을 했는지 알게 됐다. 남자 주인공이 돋보기로 휴지를 태우는 장면을 생각하면서 한 말이었던 것 같다. 하지만 그때 나는 이상의 〈날개〉를 읽지도 않았고, 엄마가 갑자기 무슨 말을 하는지도 몰랐다. 그런데 왠지 알 수 있을 것 같았다. 이상의 날개, 참 익숙한 표현이다. 나는 곰곰 생각했다. 이상의 날개, 이상의 날개, 이상의 날개…… 젊은이여, 이상의 날개를 활짝 펴고 날아가보자. 가슴속에 꿈을 안고서 미래를 향하여. 이미키의 〈이상의 날개〉다!

"나 아는 것 같아, 엄마."

"그랬구나. 우리 딸이 벌써 이상의 〈날개〉를 알 나이가 됐구나."

그럼, 잘 알지. 그 노래가 나온 지 좀 됐거든. 정확히 말하면 이제 한물갔다고 할 수 있지. 지금은 〈담다디〉가 대세라고.

"외할아버지도, 친구들도, 늬 아부지도 엄마보고 모자란다고, 아무것도 모른다고 했지만 아니야. 엄마는 알아. 엄마는 다 알고, 다 생각하고 있어. 오히려 생각이 너무 많은 거야. 그 생각 안에 갇힌 거야, 이상처럼."

엄마는 모자란 게 아니라 과해서 한 번씩 넘치나보다. 아무튼 나에게는 나쁠 것이 없었다. 불장난을 한 것도, 엄마의 화장대를 만진 것도, 창문을 억지로 열어놓은 것도 혼내지 않았으니까. 우리는 닫히지 않는 창문을 그대로 열어두고, 뜨끈한 아랫목에 배를 깔고 나란히 엎드려 이불을 어깨까지 덮었다. 엄마는 내게 꿈, 이상, 희망 같은 것에 대해서 물었다. 나는 체조를 하고 싶다고 말했다.

드디어 십 대가 된 1989년 1월, 엄마는 상담이나 한번 받아보자며 나를 체조 학원에 데려갔다. 원장 선생님은 엄마보다 나이가 많다는 게 믿기지 않을 정도로 예쁘고, 늘씬하고, 청순했다. 긴 생머리가 흔들릴 때마다 은은하게 풍기던 몽롱한 땀 냄새와 샴푸 냄새.

"반갑다. 내 최연소 제자네?"

원장이 하얀 손을 내밀었다. 나는 넋이 나간 사람처럼 그 손을 살포시 잡았고, 엄마는 그 자리에서 당장 학원비를 내고 등록했다. '원생 카아-드'에 나를 대신해 이름과 전화번호, 주소를 적는 엄마의 손이 덜덜 떨리고 있었다. 엄마는 다른 것은 다 몰라도 글씨 하나만은 끝내주게 잘 썼다. 알림장이나 성적표에 부모님 전달사항을 적어가면 선생님들도 깜짝 놀랄 정도였다. 줄이 그어져 있지 않은 종이에 조금의 오차도 없이 정확하게 수평으로 글을 썼고, 머리를 살짝 꺾고 힘 있게 쭉 내리그은 세로획은 특히 단정했다.

그런 엄마의 글씨가 겨우 알아볼 수 있을 정도로 엉망이었다. 동그라미의 시작과 끝이 맞지 않았으니 말 다 했다. 하지만 나는 엄마를 이해할 수 있었다. 사실 나도 떨고 있었기 때문이다. 원장에게는 부드럽고 묘한 카리스마가 있었다.

엄마는 내가 정식으로 체조를 시작한 기념으로 선물을 사주었다. 학교를 마치고 돌아오는 나를 보며 생긋 미소 짓던 엄마. 아무 일 없는 척, 하지만 어색하게 나를 방으로 들여보내던 엄마. 내가 방에 들어간 사이 문 뒤에 서서 흐뭇하게 웃고 있었을 엄마. 어느 따뜻한 가족 영화나 주말 오후 교육방송에서 하는 홈드라마의 한 장면처럼, 엄마는 내 방 책상 위에 곱게 포장한 선물과 메모지를 올려두었다.

'사랑하는 나의 딸 마니야, 멋진 체조 선수가 되어라. 엄마.'

글씨가 조금 비뚤비뚤한 것을 보아 엄마는 원생 카아-드를 적을 때처럼 떨고 있었나보다. 나도 떨리는 마음으로 포장을 풀어보았다. 다 열리지 않은 포장지 사이로 무언가 반짝, 했다. 옷이다! 반질반질한 재질에 다리 라인이 그대로 드러나는 보랏빛 타이즈와 슈퍼맨처럼 타이즈 위로 입게 되어 있는 긴팔 흰색 원피스 수영복. 관절의 보호보다 보온에 중점을 둔 듯한 털토시. 올림픽 때 본 선수들의 체조복과 달라 뭔가 이상하긴 했지만 함께 연습하는 아줌마들의 옷도 내 것과 비슷했기에 그냥 연습 의상인가보다 했다. 나중에야 알았다. 그것은 에어로빅 옷이었다. 그곳은 에어로빅 학원이었고, 내가 배웠던 것은, 에어로빅이었다.

당시엔 에어로빅이 붐이었다. 여성들이 공개적으로 춤을 춘다는 게

금기시되었던 때, 여성, 특히 주부들에게 에어로빅은 가히 선풍적인 인기를 끌었다. 남편과 자식 뒷바라지에 매달리느라 자신의 몸매라든가 건강 같은 것은 생각할 겨를도 없던 주부들의 욕구를 일깨운 것이다. 아침이면 에어로빅 댄스를 소개하는 짧은 티브이 프로그램이 방송됐고, 저녁이면 동네 공터나 근린공원에서 신나는 에어로빅 공개강좌가 펼쳐졌다. 내가 지금 흥얼거릴 수 있는 올드팝은 대부분 그 시절 저녁 어스름 공터에서 들었던 '웬일이니 파리똥' 같은 에어로빅 음악들이다.

나는 학교를 마치면 바로 학원에 갔다. 매일매일 갔다. 엄마는 내가 체조를 시작하기에 조금 늦은 감이 있는 만큼 신경 써서 살펴봐달라고 부탁했고, 원장은 어린 아이가 에어로빅 선수를 목표로 하는 것이 기특하다며 나에게만 따로 개인레슨을 해주기로 했다.

하지만 두 달이 넘도록 나는 준비운동을 했다. 준비운동만 했다. 내일은, 모레는, 아니 적어도 다음 주에는 나도 다른 원생들처럼 음악에 맞춰 무언가를 하겠지, 기대하고 또 기대했지만 나는 매일 두 시간씩 거의 스트레칭만 하다 왔다. 학원에 들어가면 거울 앞 구석에 앉아서 허리를 앞으로 숙이고, 뒤로 꺾고, 다리를 앞뒤로 한 번, 좌우로 한 번, 목을 앞뒤로, 또 팔을 앞뒤로, 서서, 또 앉아서, 그렇게 몸을 풀고 나서는 또 피티체조, 제자리뛰기, 제자리높이뛰기, 제자리빨리높이뛰기…… 아무 생각 없이 기계적으로 같은 동작을 계속 반복했다.

원장은 멀찌감치 떨어져 팔짱을 끼고 나를 지켜보았다. 그러다가 내 동작이 좀 늘어지거나 작아진다 싶으면 딱, 딱, 박수를 두 번 쳐서 시선을 유도한 후, 고개를 한 번 크게 끄덕였다. 다시 하라는 뜻이다. 그럼 나는 그 별것 아닌 동작을 또 다시 성의 있게 한다. 여전히 머릿속으로 딴생각을 하면서도, 입을 앙다물고 동작을 조금 끊어서 하면 원장은 속는 건지 속는 척하는 건지 그냥저냥 넘어갔다. 나는 조금씩 지치고 있었다.

어느 날, 두 시간의 스트레칭을 마치고 집에 가려는데 원장이 나를 붙잡았다.

"어때? 쉽지 않지?"

"아, 예. 뭐……"

쉽지 않은 것보다 재미가 없다고 하고 싶었지만 나는 눈도 못 마주치고 손톱 아래의 마른 살을 뜯으며 쭈뼛쭈뼛하고 있었다.

"이제 다음 주부터, 안무를 시작해보자!"

예상치 못했던 원장의 말에 나는 눈물이 핑 돌았다. 배고프고 서럽지만 미련스러울 만큼 끈기 있게 쑥과 마늘을 입에 욱여넣던 곰이 웅녀가 되던 순간 이런 기분이었을 것이다. 그날 밤, 나는 안방에 이불을 두툼하게 깔아놓고 손끝과 발끝에 힘을 주어 이런저런 동작들을 해보았다. 엄마는 나를 흐뭇하게 보며 내 동작에 맞추어 콧노래를 흥얼거렸다. 아버지는 아무 말 없이 우리를 지켜보다 한마디 했다.

"정신 사납다."

엄마는 언제나 그렇듯 눈을 있는 대로 흘기며 못마땅해했지만 나는 그게 무뚝뚝한 아버지의 남다른 화법이라고 생각했다. 어쨌든 관심을 가지고 봤다는 뜻이니까. 나만 알아들을 수 있는 아버지의 응원이라고 믿으며 혼자 고마웠다. 하지만 더 오래 아버지를 지켜본 지금 생각하니 정말 정신 사나워 한 말이 맞는 것 같다. 내가 생각해도 그날 밤의 나는 정신이 사납다 못해 나가 있었다. 엄마의 정신과 함께.

　삼십 년이 다 되도록 내 정신은 돌아오지 않았다. 해고된 날 밤, 나는 속편하게 잘도 잤다. 아침에는 아무 일 없다는 듯 옷을 챙겨 입고, 빵을 챙겨 먹고, 새벽바람을 맞으면서 집을 나섰다. 제시간에 나오긴 했는데 어디로 가야 할지 알 수가 없었다. 바람이 차가웠다. 집과 회사가 아니면 갈 곳도 없고, 만날 친구도 없다니. 일이 이렇게 되고 보니 내가 얼마나 바보같이 살았는지, 새삼 가슴에 사무쳤다. 그나마 내게 삼각형 엠피쓰리 플레이어가 있다는 것이 얼마나 다행인가. 송 대리가 아무리 입에 게거품을 물고 비웃는다고 해도 나는 이 녀석을 절대 버리지 않을 것이다. 이것은 수많은 낮과 밤, 출퇴근길, 외근길, 나의 외로움과 고독, 고민의 시간을 묵묵히 지켜준 녀석에 대한 의리다.

　귀에 이어폰을 푹 꽂고 지하철을 탔다. 이렇게 우울한 날이면 단 한 번의 예외도 없이 나에게 휴식과 위안이 되어주는 소년들이 있지. 나는 남자 아이돌의 노래만 모아놓은 'BOYS' 폴더를 선택했다. 에브리데이 아 쏙! 에브리나잇 아 쏙! 음악 소리를 최대한 크게 해서 주변의 아무 소리도 듣지 않았다. 고개도 들지 않았다.

　가장 가까운 2호선 환승역에 내려 2호선 플랫폼 쪽으로 걸어갔다. 순환선을 타고 멀미가 날 정도로 서울을 빙글빙글 돌 작정이다. 노란 안전선에 발끝이 살짝 걸리게 서서 지하철을 기다렸다. 휑―. 가슴까지 서늘해지는 바람이 불었다. 지하철이 들어오나보다.

　지하철은 사람들로 미어졌다. 시간이 좀 지나면 이들은 모두 각자의 직장으로, 학교로 떠나고 2호선도 한산해지겠지. 그때 자리에 앉아서 잠이라도 청해야겠다고 생각했다. 음악에 정신을 맡기고, 밀리는 사람들에 몸을 맡긴 채 눈을 감았다. 시간이 얼마나 지났을까. 이어폰 너머로 들리던 사람들의 웅웅거리는 소리가 아스라하게 멀어졌다. 화장품 냄새, 담배 냄새, 샴푸 냄새도 서서히 사라졌다. 사방에서 밀려오던 타인들의 어깨와 엉덩이도 느껴지지 않았다. 온몸의 감각이 마비된 듯했다. 현기증. 이미 감고 있는 눈앞이 더 깜깜해진다. 내 인생의 첫 졸도인가보다.

초등학교, 중학교, 고등학교 십이 년 동안 월요일 운동장 조회 시간마다 그렇게 바랐던 일이다. 나보다 덩치도 좋고, 밥도 많이 먹고, 백 미터 달리기 기록도 훨씬 빠른 수많은 친구들이 작렬하는 태양빛과 장황한 교장의 훈화 속에서 줄줄이 실려나갔다. 조회 시간만 되면 적어도 한 명은 누렇게 뜬 얼굴에 흰자가 보이도록 눈을 까뒤집고, 식은땀을 줄줄 흘리면서 운동장 흙먼지 위로 픽 나자빠졌다. 나도 정신을 놓고 싶었다. 하지만 나는 한여름 뙤약볕 아래에서 교장의 지리멸렬한 훈화를 끝까지 들을 수 있을 만큼은 건강했다. 그러던 내가 이제 와서 현기증이라니. 어린 시절, 주미네 집, 첫 번째 코피의 기억이 몽롱하게 떠오르려는데 누가 내 어깨를 툭 쳤다.

눈을 뜨고 주변을 돌아봤다. 그 많던 승객들은 하나도 보이지 않고 제복을 입은 남자 하나가 나를 보며 말하고 있다. 눈썹을 추켜올리고, 손을 귀 근처에서 움직이며 뭐라고 뭐라고 말한다. 답답한 표정, 점점 커지는 몸짓, 하지만 그의 목소리가 들리지 않았다. 이건 꿈인가요? 멍하니 넋을 놓고 있는 내게 그가 손을 뻗었다! 정말 졸도라도 할 것 같던 그 순간, 그는 내 귀에 꽂힌 이어폰 선을 거칠게 잡아 뺐다.

"아, 아가씨 그것 좀 빼라고. 무슨 음악을 그렇게 크게 들어?"

지하철은 멈췄고, 창문 너머는 캄캄했다. 나는, 나는, 어디로 온 걸까? 사람들이 모두 사라진 세상, 내 앞에 황망한 표정으로 서 있는 유일한 생존자, 나는 그의 소매를 붙잡고 물었다.

"아저씨, 여기가 어디죠?"

"지하철이지. 아가씨는 왜 안 내린 거야?"

신도림역이었다. 나는 수많은 순환선을 두고 하필 신도림행을 탔다. 근무를 마친 기관사 아저씨는 열차가 다시 나가려면 좀 기다려야 하는데 어떻게 하겠느냐고 물었다. 나는 친절한 기관사의 안내를 받아 플랫폼으로 나올 수 있었다.

기관사와 나란히 걸으며 정적이 어색해서 이제 열차는 어디로 가는 거냐고 물었다. 승객이 내리고 선로가 끊기고 열차가 멈춘 이후의 일이 궁금해졌다. 기관사는 차량기지로 들어가는 경우도 있고, 그냥 선로를 따라 다시 돌아오는 경우도 있다며 대수롭지 않게 말했다. 나는 아예 지하철 운행이 끝나는 밤에는 어떻게 되는 거냐고 다시 물었다.

"하룻밤 자고 다음 날 새벽에 다시 나가지. 열차나 사람이나 별다를 거 없어. 일하고 자고 또 일하고. 그게 인생이지."

아저씨, 아저씨는 친절할 뿐 아니라 지혜로우세요. 하룻밤 자고 다음 날 새벽에 다시 나가는 생활. 지루하기도 하고, 버겁기도 하고, 도망치고 싶기도 했던 그 평범한 일상이 끝났다. 나는 지금 어디쯤 서 있는 걸까. 선로는 여기서 끊긴 걸까. 그럼 이제 나는?

신도림역과 연결되는 백화점 방향으로 걸어나왔다. 공연장이 있는지 기둥에 커다란 뮤지컬 포스터가 붙어 있다. 어렸을 때 이곳에 와본 적이 있다. 백화점이 아니라 연탄공장이었을 때. 지금은 주변이 다 아파트 촌이 되었는데, 그때만 해도 고층 건물이 하나도 없었다. 학원 건물이 몇 개 있었고, 근처로 한강인지 개울인지가 흘렀고, 멀리서도 고개를 쭉 빼면 그 물길이 보였다. 건너편 연탄공장의 낡은 막사 굴뚝에서는 시커 먼 연기가 뭉게뭉게 뿜어져나왔다. 아버지가 잠깐 그 연탄공장에 다닌 적이 있다. 무슨 일이었는지는 모르지만 목돈이 필요한 일이 생겼고, 고 민 끝에 가게를 빼기로 한 것이다. 보증금으로 급한 일을 해결하고, 아 버지가 어디든 취직할 거라고 했다. 계획대로 아버지는 변두리 낡은 건 물 일층 작은 상가의 새로운 세입자가 나타나기도 전에 연탄공장에 취 직했다.

아버지 성격에 공장을 보여주겠다고 나를 데려갔을 리가 없다. 엄마 가 아버지 일하는 곳에 꼭 한 번 가보고 싶은데 낯선 길을 혼자 가기가 겁난다고 해서 내가 같이 갔던 것이다. 서울에 처음 상경한 산골 자매 처럼 우리는 손을 꼭 붙잡고 아주 신중하게 버스를 탔다. 버스를 타는 일에 실수가 있어서는 안 되는 시절이었다. 그때 누가 알았겠는가, 버 스가 환승되는 세상이 오리라는 것을, 동전이 아닌 카드로 버스를 타는 세상이 오리라는 것을, 카드를 넣는 것도 아니고 긁는 것도 아니고 '대 기만 하면' 되는 세상이 오리라는 것을.

고등학교 때였다. 처음 버스카드를 썼던 날, 나는 회수권을 넣던 습관 대로 아무 생각 없이 카드를 통에 훅 넣어버렸다. 종점까지 가서 요금 통을 열고 카드를 돌려받는데 너무 서럽고 스스로가 한심했다. 세상 다 잃은 얼굴로 다시 버스에 오르며 버스카드를 기계에 갖다대려는데 기 사 아저씨가 됐다, 했다.

"그냥 타. 무슨 요금을 또 내려고 해."

고개를 꾸벅 숙이며 감사합니다, 하고는 맨 뒷자리로 뛰어 들어갔다. 아저씨는 룸미러로 나를 한 번 보고는 피식 웃었다.

"우리 딸이 최신가요 테이프를 하나 주던데. 학생도 이런 노래 좋아하나?"

텅 빈 버스 안에 쿵짝쿵짝, 신나는 리듬이 울려퍼졌다. '누구나 세상을 살다보면은 마음먹은 대로 되지 않을 때가 있어. 그럴 땐 나처럼 노랠 불러봐……' 버스카드 하나 되찾자고 한 시간 넘게 버스를 타고 왔고, 다시 한 시간 넘게 버스를 타고 돌아가야 하는 여고생에게 기사 아저씨가 할 수 있는 최선의 위로였을 것이다. 아저씨의 마음이 고맙고 따뜻해서 눈물이 났다. 그날 나는 버스 맨 뒷자리에 몸을 구기고 앉아 〈쿵따리 샤바라〉의 박자에 맞춰 어깨를 들썩이며 펑펑 울었다.

다행히 집 앞 정류장에서 연탄공장까지는 한 번에 가는 버스가 있었다. 나는 긴장한 엄마 대신 앞장서 버스를 타고 내리고, 길을 건너고, 아주 차분하게 공장을 잘 찾아갔다. 높은 담벼락 너머로 삼각형 지붕을 얹은 회색 건물들이 보였다. 슬픈 집. 연탄공장을 처음 본 어린 내 느낌은 그랬다. 그 안에는 마음이 착하지만 흉측한 외모 때문에 사람들을 피해 살고 있는 커다랗고 외로운 거인이 있을 것 같았다.

똑같이 생긴 건물이 많았다. 어디로든 걸음을 내딛으면 길을 잃을 것 같았다. 넋을 잃고 공장 입구에 서 있는데 거인이 아닌 경비 아저씨가 우리를 불렀다.

"무슨 일이시죠?"

아저씨가 묻길래 나는 대답했다, 사실대로.

"아버지 만나러 왔어요."

"그래? 늬 아버지가 누군데?"

엄마가 급히 내 입을 틀어막았지만, 난 이미 이름 석 자를 말하고 말았다. 일주일 전 공장에 취직했다는 정보도 함께. 결국 우리는 경비실에 얌전히 앉아서 따뜻한 보리차까지 얻어마시면서 아버지를 기다리게 됐다.

"마누라랑 딸년이랑 찾아오면 참 좋아도 하겠다, 늬 아버지 성격에. 조용히 와서 공장 구경이나 하고 가면 될 것을 넌 왜 주둥이를 나불나불해서 일을 키우냐?"

엄마는 다리를 달달달 떨면서 초조해했다. 아버지를 만나지 않을 거면 공장은 왜 오자고 했을까. 그렇게 내키지 않으면서 왜 집에 안 가고 기다리고 있을까. 결국 우리는 아버지를 만나지 못했다. 경비 아저씨는 아버지가 지금 작업 중이라 나올 수 없고, 사십 분쯤 기다리면 휴식시간인데 기다리겠느냐고 물었다. 엄마는 무척이나 아쉬운 표정으로 그냥 돌아가겠다고 대답했다. 공장을 나서면서 엄마는 몇 번이나 뒤를 돌아봤다.

아버지는 그날도 잔업이 있다며 늦으셨다. 나는 아버지 얼굴을 보지도 못하고 잠들었다. 다음 날 엄마에게 들으니 아버지는 우리가 공장에 찾아간 이유를 묻지도 않고, 말없이 어머니가 차려준 밥만 드시고 주무셨단다.

"못 들었나? 까먹었나?"

엄마는 고개를 갸우뚱했다. 나는 왠지 아버지가 못 들었을 것 같았다. 아버지는 일을 하느라 아무 전달도 받지 못했을 것이고, 우리에게 아버지가 작업 중이라거나 사십 분 후에 쉰다는 얘기를 전하라고 한 사람은 아버지가 아니라 아버지를 감시하는—표현이 좀 이상한데 그때는 그 단어밖에 생각이 안 났다—사람일 거라는 생각이 들었다. 그 사람은 분명히 우리가 찾아온 게 싫었을 것이다.

그리고 며칠 후, 아버지는 공장을 그만두셨다. 그래도 자기 가게라고 놀고 싶을 때 놀고, 들어오고 싶을 때 들어오던 아버지는 빡빡한 공장 생활을 견디지 못했다. 아버지는 부랴부랴 가게 내놓은 것을 취소하고, 새벽같이 도매시장에 나가 과일이며 채소들을 떼왔다. 엄마의 결정이었다.

"나는, 아무리 코딱지만 한 가게라도, 마니 아부지가 사장님 소리 듣는 게 좋아."

엄마는 쓸쓸하게 웃었다. 아버지는 긴 한숨을 내쉬었다. 당장 우리가 밥을 굶어야 할 정도로 돈이 없는 것도 아니고, 길바닥에 나앉을 정도로 갈 곳이 전혀 없는 것도 아니었다. 목돈이 필요했던 일은, 외할아버지가 도와주셨다고 한다. 그런데 두 사람은 그렇게 〈크리스마스 선물〉에 나오는 가난한 부부처럼 청승을 떨고 있었다. 나는 그 분위기를 깨고 싶어 부러 쾌활하게 웃으며 말했다.

"누가 과일 사러 와서 사장님이라 그래? 다 아저씨라 그러지! 아하하 하하하!"

둘 다 웃지 않았다. 분위기는 더욱 어색해졌고, 엄마가 낮은 목소리로 나를 나무랐다.

"저 소갈머리 없는 년."

아버지는 이 자리 저 자리 옮겨가며 업종을 바꿔가며 지금까지 사장님이고, 나를 소갈머리 없는 년 만들었던 연탄공장 자리에는 이제 백화점과 호텔과 아파트가 들어섰다. 일식 코스 요리를 팔고, 십만 원도 넘는 공연을 하고, 층마다 각기 다른 커피전문점에서 연탄처럼 새까만 커피를 팔고 있다.

연탄불에 삼겹살을 구워먹을 때마다 나는 그때 그 연탄공장을 생각했다. 공장은 지금도 어린 딸이 잠깐 아버지 얼굴을 보고 갈 수도 없을 만큼 바쁘게 돌아갈까? 아마 예전 같지는 않겠지? 그 의문이 이제야 풀렸다. 연탄공장은 이미 사라진 지 오래란다. 얼굴과 손과 가슴 속까지 새까매지도록 일하던 사람들도 사라졌다. 공장을 허물기로 결정한 사람들 중 누구도 그들의 막막한 생계를 걱정해주지 않았을 것이고, 연탄을 만들던 이들은 반대도 분노할 겨를도 없이 새 일자리를 찾아 떠났을 것이다. 지금도 어딘가에서 얼굴과 손이 빨개지고, 노래지고, 파래지도록 묵묵하고 성실하게 일하겠지. 무섭게 변하는 세상에서도 변하지 않는 것. 바로 성실한 사람들은 어디서나 성실하고, 그럼에도 가난한 사람들은 언제나 가난하다는 사실이다.

엄마는 새벽마다 연탄 가는 일이 번거롭다고 투덜거렸지만, 그래도 연탄보일러 쓸 때가 가장 따뜻했던 것 같다. 장판이 누렇게 익을 정도였으니까. 한번 연탄을 때기 시작하면 불을 꺼뜨리지 않기 위해 약하게나마 계속 불을 때야 했고, 바람구멍을 조절하러 나가기가 귀찮아 좀 뜨거우면 뜨거운 대로 추우면 추운 대로 밤을 견뎌야 했다. 기름보일러로 바꾼 후 방 안에서 쉽게 전원을 끄고 켜고 온도를 조절하게 되면서 우리 집은 추워졌다. 엄마는 정말 정말 추울 때만 보일러를 돌렸고, 조금만 따뜻하다 싶으면 또 보일러를 꺼버렸다. 최신식 보일러 덕분에 엄마는 아침까지 깊은 잠을 잘 수 있게 됐고, 나는 양면 오리털 파카를 입고 자야 했다.

혈관을 타고 온몸 구석구석, 심장과 뼛속까지 스며들던 냉기. 그 혹독한 겨울들을 버텨내게 해준, 뜨겁고 알싸한 연료로 기억되던 이곳. 내 인생 가장 추운 겨울에 다시 찾아왔다. 돌고 도는 줄만 알았던 순환선이 멈추는 지하철역에 나도 멈췄다.

89년 봄, 우리 집은 대대적으로 개조공사를 했다. 연탄보일러를 기름보일러로 바꾼 것도 그때였다. 마당의 자투리 공간까지 마루를 깔아 넓혔고, 안방과 내 방의 나무 창문틀을 알루미늄 새시로 바꾸었고, 결정적으로 화장실 공사도 했다. 아래가 뻥 뚫려서 똥 덩어리와 화장지가 선명하게 보이는 재래식 화장실에서 줄을 당기면 물이 내려가는 수세식 화장실로 바꾼 것이다. 의자처럼 앉는 좌변기가 아닌 고무신 모양의 쪼그려 앉는 화변기였다. 오래 앉아 있으면 다리에 쥐가 나기는 마찬가지였지만 그래도 똥이 안 보인다는 게 어딘가.

재래식 화장실을 써보지 않은 사람은 인생을 얘기할 자격이 없다. 나는 감히 사람이 사람답게 사는 첫 번째 조건은 밥을 굶지 않는 것보다 수세식 화장실을 쓰는 것이라고 말하겠다. 엉덩이에 똥이 튈까 걱정을 하면서도 나오는 똥을 어쩔 수 없이 누어야 하는 진퇴양난의 상황. 내가 방금 눈 똥 덩어리가 철푸덕 퍼지는 소리가 화장실을 울릴 때면, 아무리 삶의 무게와 생의 허무 사이에서 고뇌하던 사람이라도 먹고 싸는 한 별수 없는 동물임을 깨닫게 된다. 화장실에만 앉으면 나는 생각이 많아졌다. 나를 키운 건 팔 할이 화장실과 그 안의 똥이다.

게다가 화장실 바닥에 조금씩 금이 가면서 누군가 화장실에 빠질지도 모른다는 불안감이 늘 나를 짓눌렀다. 우리 세 식구 중에는 아버지가 가장 무섭지만 그렇다고 꼭 아버지가 빠지라는 법은 없다. 아버지 균열을 만드시고 어머니 넓히시니 슬프도다 슬프도다. 왠지 내 차례에 무너질 것 같은 아찔한 예감. 끔찍한 러시안 룰렛. 부모님이 모두 외출하신 날은 똥도 안 누었다. 빠져도 건져줄 사람이 없기 때문이다. 화장실에 빠져 죽는다는 것은 얼마나 더럽고 망신스러운 일인가! 뉴스에 나올지도 모른다. 서울 S동에 사는 초등학생 고 모양이 오늘 낮, 재래식 화장실에 빠져 숨졌습니다. 사인은 똥에 의한 질식사로 추정…… 아, 정말 더럽다.

내가 재래식 화장실이 무섭다고 할 때마다 엄마는 태교를 제대로 못했기 때문이라고 자책했다.

"네가 엄마 배 속에 있을 때, 엄마도 그렇게 저 화장실에 가기가 싫더라. 똥 누다가 너 나올까봐. 힘 한번 제대로 줘보질 못했어. 열 달 내내 변비였지. 똥 눌 때마다 아가, 나오지 마라, 나오지 마라, 하면서 그렇게 안절부절못했으니. 너는 배 속에 있을 때부터 이 화장실이 무서웠던 거야. 나중에 보니까 애만 키운 게 아니라 똥도 키웠더라."

난산이었다. 진통하는 내내 엄마는 어떤 산모보다 극심한 통증에 시달렸고, 분만실에 들어간 지 꼬박 이십사 시간이 지나서야 아랫도리에서 뭔가가 시원하게 쑥 빠져나가는 것을 느꼈다고 한다.

"나왔다!"

엄마가 환호했고, 안타까움에 눈물만 훔치고 있던 아버지가 의사에게 물었다.

"아들인가요, 딸인가요?"

"똥입니다."

자주 보던 풍경이었는지 지긋한 할아버지 의사는 태연했다. 엄마는 나보다 더 큰 똥을 먼저 누고, 그 후에 나를 낳았다. 나는 3.8킬로그램으로 좀 우량하게 태어난 편이다.

대공사였다. 창문 새시 교체는 한나절, 마루를 넓히는 것은 원래 있던 현관문 부수고, 마당 정리하고, 나무로 기둥 만드는 데 하루, 그 위에 마루 깔고 현관문 다시 다는 데 반나절, 해서 이틀 만에 깔끔하게 끝났다. 방바닥에 보일러 관을 새로 설치하는 것은 며칠에 나누어서 했다. 내 방 바닥을 뜯은 날은 세 식구 모두 안방에서 잤고, 안방 바닥을 뜯은 날은 좁은 내 방에서 등갈비처럼 붙어 잤다.

문제는 화장실이었다. 일단 똥차를 불러 똥을 다 퍼내고 난 뒤, 그곳에 정화조를 묻고, 그 위에 변기를 얹는다. 변기와 정화조, 수도를 연결하고 연결한 배관들이 얼지 않도록 조치를 하고 타일을 깔고 말리고…… 그렇게 해서 최소 삼 일이라고 했다. 삼 일이나 화장실에 가지 말라는 건가? 엄마에게 무슨 생각으로 삼 일이나 걸리는 공사를 벌였냐고, 그럼 화장실은 어떻게 하냐고 따졌더니 엄마는 아주 태연했다.

"오줌은 세면장에서 대강 누고 하수구로 물 흘려서 보내고, 똥은 학교에서 누면 되잖아! 똥 보이는 화장실 싫다고, 싫다고, 노래를 부른 게 누군데? 며칠만 참으면 앞으로 깨끗한 화장실에서 편히 일 볼 수 있을 텐데 그거 못 참아서 평생을 똥 보이는 화장실 쓰고 앉았을래?"

"똥이 누고 싶을 때 나와? 학교에서 안 나오면 어떻게 해?"

"그럼 똥이 누고 싶을 때 나오지, 아무 때나 나오냐? 아무 때나 나오면 그게 사람이야? 똥개지!"

"나는 학교에서 눈다고 치고, 아버지는 가게에서 눈다고 치고, 그럼 엄마는 어쩔 거야?"

"하루에 한 번씩 황씨네 가서 누기로 다 약속 됐으니까 걱정 마. 엄마가 그 정도 준비도 안 하고 일을 시작했게?"

"그리고 내가 왜 평생 똥 보이는 화장실을 써? 난 수세식 화장실 있는 남자한테 시집갈 거야!"

"시집은 마음대로 가진대? 나는 뭐 푸세식 쓰는 남자한테 시집가고 싶어서 늬 아부지랑 결혼한 줄 아냐?"

그러고 보면 내 결혼관은 참 소박했다. 수세식 화장실 있는 남자. 수세식 화장실이 딸린 집이 있는 남자도 아니고 수세식 화장실이 있는 남자라니. 집도 절도 없이 딸랑 화장실 한 칸만 있는 남자라도 괜찮다는 거다. 나는 종종 어떤 특별한 프러포즈 장면을 상상한다. 슈트를 차려입은 멋진 남자, 보랏빛 리본과 풍선이 달린 간이 화장실을 끌고 와 내게 말한다.

"나와 이 수, 세, 식, 화장실을 평생 같이 쓰지 않겠소?"

뭐 대단한 조건이라고 나는 아직도 시집을 못 갔을까.

첫날은 학교에 한 시간이나 일찍 가서 평소와 같은 시간에 똥을 누었다. 둘째날은 참을 만했다. 평소대로 등교한 후 화장실에 갔다. 엄마 말대로 아무 문제 없었다, 사고는 그다음 날 터졌다.

수요일은 학원에 오전 주부 클래스만 있기 때문에 오후에는 학생이 나밖에 없었다. 그래서 수요일 수업 때는 원장이 내내 곁에 붙어 동작을 차근차근 설명하고 시범 보이고 내 몸의 관절들을 붙잡아 자세를 교정해주었다. 정작 나는 본격적인 안무에 들어간 후부터 정신을 차리지 못하고 있었다. 동작이 너무 복잡하고 어렵고 빨랐고, 생각보다 에너지 소모도 커서 수업 시간을 다 채우기도 전에 나뒹굴어버렸다. 그날도 바닥에 큰대자 모양으로 늘어져 있는데 원장이 곁에 와 앉았다. 그렇게 퍼져 있으면 오히려 근육이 상한다며 자신의 팔다리를 두드리고 몸을 풀었다. 뛰거나 몸이 꺾이지 않은 자세로 가만히, 차분히, 나란히 있을 기회가 많지 않다. 나는 조심스럽게 물었다.

"근데 리본이나 곤봉이나 후프, 그런 건 언제 배워요?"

"응?"

"리듬체조 보니까 그런 거 가지고 하던데."

원장의 눈동자가 시계방향으로 크게 한 바퀴를 돌았다. 머리에 두르고 있던 빨간색 헤어밴드를 천천히 빼면서, 고개를 갸웃거리면서, 한마디 한마디 천천히 내게 말했다.

"우리, 마니는, 장래희망이 뭐야?"

"체조 선수요! 그러니까 체조 배우러 여기 다니죠."

그때 원장의 얼굴을 잊을 수 없다. 한산하고 볕 좋은 오후의 공원을 산책하고 있는데, 매끈한 길고양이가 다가와 발등을 톡톡 두드리며 실례합니다, 한다면 이런 표정을 짓게 될까. 원장은 알 수 없는 얼굴로 나를 지긋이 보다가 매력적인 미소를 지으며 말했다.

"아, 그렇구나. 체조 선수가 되고 싶구나. 체조를 배우러 왔구나."

이 대답은 또 뭐지? 나는 약간 혼란스러웠지만 이번에도 그냥 원장에게 홀려버렸다. 원장은 자기한테 모아놓은 체조 경기 비디오테이프가 있다며 학원 아래층에 있는 집으로 가서 밥도 먹고 비디오도 보고 가라고 했다. 그리고 그날 나는 두 가지 충격적인 경험을 했다.

방 하나에 부엌 겸 거실 하나. 원장 혼자 사는 것 같았다. 집에는 온통 원장의 사진뿐이었는데, 무대 사진이 대부분 한복인 것으로 봐서 한국 무용을 했던 모양이다. 같은 한복을 맞춰 입은 무용단원들과의 단체사진도 여러 장이었다. 장식장에는 빛바랜 메달과 트로피 들이 가득했다. 정말 무용을 잘하기는 했나보다. 근데 무용이랑 체조랑 관계가 있나? 그러고 보니 원장의 전공 분야가 정확히 뭔지, 학교는 어디까지 다녔는지, 이렇다 할 경력이 있긴 한 건지도 모르고 덜컥 돈부터 냈다.

내가 집을 구경하고 있는 사이 원장은 부엌 냉장고에서 분주하게 음식 재료들을 꺼냈다. 앞치마를 두르고 싱크대 앞에 서 있는 모습을 보니 원장도 우리 엄마처럼 평범한 아줌마 같았다.

"스테이크 해줄게."

고기 굽는 냄새가 구수하게 집 안에 퍼지더니, 원장은 금세 거실의 좌식 테이블 위에 접시 두 개를 올려놓았다. 두툼한 고기에는 갈색 소스가 끼얹어져 있고, 옥수수와 당근, 양배추가 고기 옆에 장식처럼 놓여 있었다. 스테이크. 케첩을 뿌려먹는 돈가스가 아닌 포크로 찍어 나이프로 잘라먹는 진짜 스테이크. 〈소공녀〉나 〈빨강머리 앤〉 같은 만화에서처럼 집에서도 이런 음식을 먹는다니. 첫 번째 충격이었다.

"선생님은 밥 안 드세요?"

원장은 내가 귀엽다는 듯 웃으며 대답했다.

"당연히 먹지. 스테이크는 가끔 밥하기 귀찮을 때 먹어. 오늘은 급히 하느라고. 왜? 스테이크 싫어해?"

나는 양손에 나이프와 포크를 든 채로 손을 마구 저으며 스테이크를 좋아한다고 대답했다. 사실 그날 스테이크를 처음 먹어봤다. 먹어보지도 않고 대답부터 한 셈이었지만, 결과적으로는 사실이었다. 나는 스테이크를 좋아하게 됐다.

원장은 정말 특별하고 대담한 사람이다. 아무리 내가 어리기로서니 온 식구 덜 먹고, 덜 입고, 겨우 학원비 내는 것이 빤한 나에게 밥하기 귀찮을 때 스테이크를 먹는다고 말하다니. 빵이 없으면 고기를 먹으라던 마리 앙투아네트의 말에 대혁명이 일어날 법하다. 앙투아네트가 진짜 그 말을 했든, 안 했든.

내가 대강 썬 커다란 고깃덩이들을 정신없이 입으로 밀어넣는 동안 원장은 테이블 맞은편에 놓인 티브이를 켜고 비디오를 틀었다. 숱이 많은 앞머리를 눈썹에도 못 미치게 짧게 자르고 뒷머리를 앙증맞게 하나로 묶은 어린 체조 선수의 경기였다. 쌍꺼풀은 깊고 콧날은 오뚝하고 머리는 작고 동그랬다. 왜 체조 선수들은 다 머리가 작고 예쁜 걸까.

잡생각은 금세 사라졌다. 화면에서 눈을 뗄 수 없었다. 평균대 끝에서 양팔을 벌려 중심을 잡은 후 리드미컬하게 세 발짝. 그리고 작은 새, 아니 깃털처럼 가볍게 몸을 날려 아주 조금의 흔들림도 없이 착지. 작고 예쁜 몸은 활처럼 휘었고 표정은 당당하고도 담담했다.

이단 평행봉 경기는 특히 완벽했다. 나는 아버지를 따라갔던 강가의 민물새우를 생각했다. 햇빛은 강물에 반사되어 빛나고 있었고, 말갛게 속이 비치는 투명한 새우는 요정처럼 아름다웠다. 그 야무진 여자아이는 작은 새우가 수면 위로 통통 튀어오르듯 몸을 튕겨 낮은 평행봉에 올랐다. 높은 평행봉에서 크게 회전을 하고 바람이 휘감듯 낮은 평행봉으로 허리를 감아 내려와 착지하는 장면을 보면서 나는 정말로 침을 뚝 떨어뜨렸다. 몇 번 씹지도 않은 고깃덩이들이 목구멍으로 꿀떡꿀떡 넘어가고 있었다.

"코마네치야. 나디아 코마네치. 전설적인 체조 요정이지."

원장이 말했다. 코마네치를 만난 것이 운명처럼 느껴졌고, 원장은 내운명론에 기름을 끼얹는 한마디를 덧붙였다.

"네가 참 특별한 애라고 생각했어, 처음 봤을 때부터. 고, 마, 니. 네 이름 말이야. 네 이름을 들었을 때 코마네치가 딱 떠오르더라고."

무려 일곱 번이나 10점 만점을 받았다는 코마네치. 기록경기도 아니고, 심사위원들이 점수를 매기는 경기에서 모든 심사위원이 만장일치로 만점을 준다는 것은 불가능에 가까운 일이다. 1976년 몬트리올올림픽, 코마네치의 경기가 끝난 후 점수판에 떠오른 숫자는 1.0이었다. 관중들이 기립박수를 보냈던 완벽한 경기에 대한 터무니없이 낮은 점수. 선수도, 관중도, 코치도 당황했다. 코치가 항의를 하려 자리에서 일어서는데 심사위원 한 명이 다급히 외쳤다. 1점이 아니라 10점입니다! 점수판이 9.99까지밖에 표시되지 않도록 만들어져 있었던 것이다. 10점이라는 점수는 그런 점수이고, 열네 살의 코마네치는 몬트리올올림픽의 영웅이 됐다.

원장에게 코마네치에 대한 이야기를 들으며 나는 온몸이 후끈 달아오르는 것을 느꼈다. 얼굴에서 열이 났다. 정신이 혼미해지고 입에서도 눈에서도 연기가 나는 것 같았다. 무병을 앓는다면 이럴 것이다. 상사병을 앓는다면 이럴 것이다. 나는 그 순간 진짜 체조에 미치게 됐다. 무슨 정신으로 집에 왔는지 기억도 나지 않는다. 잠자리에 누워서도 내내 코마네치만 생각했다.

그리고 그날 밤 나는 진짜로 아팠다. 배가 아팠다. 처음 먹어본 스테이크, 그것도 정신이 반쯤 나간 상태로 무작정 욱여넣었던 스테이크가 탈이 난 것이다. 보일러를 까느라 안방 바닥은 다 뜯겨나갔고, 온 가족이 내 방에 웅크려 자고 있었다. 내가 너무 뒤척이자 옆에 누운 엄마도 잠을 못 잤다.

"왜 이렇게 가만있지를 못하냐? 똥 마려운 강아지마냥!"

"마려워, 똥."

나는 놀라 벌떡 일어난 엄마에게 부탁했다.

"엄마, 나 배가 너무 아픈데 나도 황씨 아줌마네 화장실 한 번만 가면 안 될까?"

하지만 시간은 이미 열두 시였다. 엄마는 급한 대로 마당 한켠에 신문지를 깔아주었고, 더 급했던 나는 사방이 뻥 뚫린 마당에서 엉덩이를 까고 똥을 누었다. 엎친 데 덮친 격으로 물똥이 쫙쫙 나왔다. 엄마는 아랫입술을 깨물며 부들부들 떨었다. 아무 말 없이 내 똥을 다 치운 엄마는 밤새 잠도 안 자고 혼잣말처럼 투덜거렸다.

"아휴, 저 똥개 같은 년. 아기 때도 그렇게 똥오줌을 못 가리더니 아직도 오밤중에 똥질이나 하고 앉았고. 어디서 뭘 먹고 쏘다녀서 온 가족 잠은 다 깨워놓고. 살다 살다 다 큰 자식새끼 똥 치우게 될 줄은 몰랐네. 아이고, 내 팔자야. 이놈의 구린내 나는 팔자야……"

수분이 많이 빠져나가서인지 나는 피곤했고, 나른했고, 일정한 높낮이로 중얼거리는 엄마의 목소리가 자장가처럼 들렸다. 스르르 눈이 감겼다. 잠이 들면서 생각했다, 코마네치도 똥은 누고 살겠지.

십여 년 후에 나는 내 이름의 또 다른 뜻을 알게 되었다. 그때도 이미 대한민국은 인터넷 강국이었고, 젊은 사람들은 밤마다 모니터 앞에 붙어 앉아 영화 같은 만남을 꿈꾸며 얼굴도 모르는 사람과 채팅을 하고, 어린 시절 동창을 찾았다. 나는 문득 인터넷 검색창에 '고마니'라고 쳤다.

충남 공주에 '고마니 고개'가 있었다. 백제 때의 이야기다. 공주 나성 마을에 외아들을 가진 다섯 집이 있었다. 나당연합군과 백제 사이에 전쟁이 일어나자 이 다섯 아들도 전쟁에 소집되었고, 마을 앞 고개를 넘어 전쟁터로 나갔다. 오랜 전쟁 끝에 백제는 멸망했고, 부모들은 매일 산에 올라 아들들을 기다렸지만 결국 다섯 아들은 돌아오지 않았다. 이후 마을 사람들은 아들들이 넘어간 고개를 고마니 고개라고 불렀다. '넘어가면 고만이다'라는 뜻이다. 죽어서 영영 돌아오지 않는 고개, 넘어가면 고만인 고개, 고마니 고개. 슬프기도 하고 어쩐지 섬뜩하기도 했다. 어쩌자고 자식 이름을 이렇게 구슬프게 지었을까.

"엄마, 내 이름은 누가 지은거야?"

"외할아버지가. 어디 작명소 가서 지어온 거야."

딸이고 손주고 안 보겠다고 했다던데, 그래도 정작 태어나니 이름도 지어주고 했나보다.

"무슨 뜻인데?"

"몰라. 뭐라고 했는데 까먹었다. 아무튼 좋은 뜻이야. 크게 될 거래."

나는 잠시 고민하다 물었다.

"엄마 혹시 고마니 고개 알아?"

"뭐? 가마니 고개?"

"아냐, 됐어."

해고 이후에도 한동안 나는 아침마다 지하철을 탔다. 낮에는 하릴없이 지하철 순례를 하고 밤이면 고개를 끝도 없이 넘는 꿈을 꾸었다. 그것도 오르막만 계속. 꿈에서 나는 이것이 고마니 고개인가, 생각했다. 자고 일어나면 더 피곤했다.

아슬아슬하고도 행복한 시간

내가 백수가 된 것을 알고 엄마는 엄마답게 욕을 퍼부었다. 그동안 고생했다는 진심 어린 위로나 더 좋은 곳에 취직하면 된다는 따뜻한 응원은 없었다. 나는 꽤 오래 직장생활을 했음에도 단 한 푼도 저축하지 못했다. 내가 번 많지 않은 돈이 몽땅 우리 가족의 생활비로 들어갔기 때문이다. 그래도 엄마는 한 번도 내게 고맙다고 하지 않았고, 내가 직장에서 쫓겨나자 예상대로 나를 나무랐다.

세상에 비밀은 없다. 언제 어떻게든 알려질 일은 알려지게 되어 있다. 그래서 내가 먼저 말했다. 출근도 안 하면서 아침마다 늦잠을 못 자는 것도 괴롭고, 하루 종일 목적지도 없이 쏘다니는 것도 괴롭고, 무엇보다 월급날이 다가온다는 사실이 두려웠다. 저녁밥상 앞에서 사실을 털어놓자 엄마는 정말이냐고 다섯 번쯤 물었다. 내가 다섯 번 모두 성실하게 그렇다고 대답하자 내 어깨를 거칠게 흔들며 화를 냈다.

"너 어떻게 그렇게 당당해? 지금 그걸 자랑이라고 말하고 있어? 어떻게 했는데 결근 한 번 안 한 사람이 잘려? 얼마나 미련하게 굴었으면 회사에서 쫓겨나? 응? 이제 우리 세 식구 뭐 먹고 살라고 아무렇지도 않게 회사 잘린 얘기를 하고 있어? 넌 양심도 없냐? 늙은 에미 애비 굶어 죽어도 좋아?"

나도 화가 났다.

"일이야 다시 구하면 되지. 요즘 경기 안 좋다고 뉴스에 나오는 것도 못 봤어? 회사가 어려워서 사람 여럿 잘렸어. 나만 잘린 거 아니란 말이야. 그리고 그동안 나 열심히 일했잖아. 마흔 다 되도록 시집도 안 가고 부모님 먹여살리는 딸이 어디 흔한 줄 알아? 고마워하는 건 바라지도 않아. 고생했다고, 좀 쉬라고 해주면 어디 덧나?"

사실 부모님 먹여살리겠다고 시집을 안 간 건 아니다. 가고 싶었는데 못 갔고, 못 가고 있다 보니 어찌어찌 좀 부모님을 먹여살리고 있을 뿐이다. 잘 알고 있고 그래서 생색낼 생각은 없었는데 욱하는 마음에 말이 그렇게 나왔다. 그리고 잘린 건 나 하나였다. 어쩌면 엄마 말이 맞기 때문에 더 화가 났는지도 모르겠다. 예상대로 엄마는 터지는 분을 삭이지 못했다.

"고마워해? 엄마보고 지금 고마워하라고? 쥐꼬리만 한 월급 몇 년 갖다준 거 가지고 부모 먹여살렸다는거야? 내가 수십 년 먹이고, 입히고, 재워준 값 내놔! 너한테 들어간 학비 내놔! 너 때문에 다 틀어진 내 인생도 물어내! 물어내! 으허허헝."

엄마는 갑자기 엉엉 울었다. 그러자 가만히 듣고만 있던 아버지가 술가락을 탁 소리 나게 밥상에 내려놓더니 문틀이 부서지도록 문을 쾅 닫고는 나가버렸다. 둘 다 미처 생각하지 못했다. 우리가 쏟아낸 가시 돋친 말들에 가장 상처를 받을 사람은 엄마도, 나도 아닌 아버지라는 걸. 무능하다는 비난도, 힘들었다는 푸념도, 지난 인생에 대한 후회스런 말들도 아버지에게는 비수가 되어 꽂혔을 것이다. 함부로 쏜 화살. 나는 유명한 시의 한 구절을 생각했다. 함부로. 얼마나 무섭고 무책임한 말인가. 배려라고는 쌀눈만큼도 없는 나의 무신경함에 화가 나고 부끄러웠다.

아버지가 닫고 나간 문을 멍하니 쳐다보며 생각에 잠겨 있는 동안 엄마는 무릎을 세워 쪼그려 앉더니 그 무릎에 얼굴을 묻고 울었다. 어떤 짓을 벌였는지도 모르는 나의 공범. 어쩌자고 나는 늘 엄마와 함께 일을 벌이는 걸까. 나는 엄마를 향해 다시 한 번 소리쳤다.

"그만 좀 해, 우리 안 굶어 죽어! 어린애처럼 왜 그래?"

나는 그렇게 또 한 번 함부로 화살을 쏘았다. 엄마의 자격지심이 가장 싫어하는 말, 어린애처럼. 엄마의 어깨가 더 크게 들썩였다. 아버지를 따라나갈까, 엄마를 달랠까 고민하다가 엄마를 달래기로 했다. 엄마가 혼자 마음을 추스르지 못해서이기도 하지만, 엄마를 달래는 편이 더 쉬워서이기도 했다. 미안하다는 한마디에 예상대로 엄마는 금세 진정이 됐고, 저녁도 다 먹었다.

아버지는 새벽 두 시가 넘어서 집에 들어왔다. 대문을 여닫는 소리가 들리더니, 신발을 질질 끄는 소리가 났다. 술을 드셨다는 얘기다. 방문을 열고, 닫고, 아버지가 씻는 물소리가 나고, 다시 방문을 열고 닫는 소리가 나도록 엄마는 조용했다. 남편이 들어오는지 나가는지도 모르고 깊은 잠에 빠져 있다는 얘기다. 가끔은 엄마가 부럽다.

다음 날부터 엄마는 대놓고 나를 백수라고 부르고, 당장 나가서 일자리 구하라고 잔소리를 해댔다. 출근할 때처럼 꼭두새벽에 깨웠다. 하루 세 번 밥상에 마주 앉을 때마다, 화장실이나 냉장고 앞에서 마주칠 때마다, 넉살좋게 안방에 끼어들어 드라마를 볼 때마다 엄마는 취직하라고 했다. 어디 이력서 넣어놓은 데는 있냐? 벼룩시장 한번 볼래? 일자리 소개해준다는 사람 없어? 으응, 하며 어영부영 말끝을 흐리는 데에도 한계가 있었다.

"엄마, 내 일은 내가 알아서 해. 내가 한두 살 먹은 어린애야? 사람 자르는 건 때가 따로 없지만 뽑는 건 다 때가 있어. 아직 그때가 안 돼서 그러는 거야. 그러니까 그만 좀 물어봐. 때 되면 알아서 할 테니까."

물론 나는 이미 때를 놓쳤다. 특별한 경력도 없고 기술도 없이 나이만 먹은 나를 필요로 하는 곳이 있을까. 엄마는 좀 더 오래 다닐 수 있는 회사로 옮겼어야 했다고, 아니면 유용한 자격증이라도 하나 따놓았어야 했다고, 나를 한심해했다. 사실 요즘 오래 다닐 수 있는 회사라든가 유용한 자격증 같은 건 있지도 않고, 있다고 하더라도 나에게는 겨를이 없었다. 단순하지만 일이 많았고, 돈을 만지는 일이라 늘 신경이 곤두서 있었다. 항상 피곤했다.

삼십 대 중반이 되면 삶이 지루해질 줄 알았다. 회사 일은 오래된 트레이닝복처럼 쉽고 익숙할 테고, 결혼해서 아이까지 낳으면 인생은 더 이상 되돌릴 수 없게 되는 거지. 안정, 혹은 권태. 그럴 줄 알았다. 그런데 나는 지금 일도 없고, 아이도 없고, 이제와 다시 진로를 고민하고 있다.

근데 엄마는 왜 취직하란 소리만 하고 결혼하라는 소리는 하지 않을까? 그러고 보면 딸이 이 나이를 먹도록 엄마는 선 자리를 알아봐주기는커녕 시집 안 갈 거냐는 잔소리 한 번 한 적이 없다. 물론 엄마가 주선해주는 선 자리는 나가고 싶지 않지만.

"근데 엄마는 왜 나보고 시집가라는 말 안 해?"

"너, 너, 호, 호, 혹시 결혼할 거야?"

엄마는 말까지 더듬으며 당황해 어쩔 줄을 몰랐다. 이건 또 무슨 반응인가.

"결혼할 남자 데려오면 엄마 기절하겠다?"

"뭐, 뭐, 뭐야? 지, 진짜 결혼할 남자 있어? 그랬어? 그래서 회사 그만둔 거야?"

"왜 말을 더듬고 그래? 내가 결혼할 남자가 어딨어? 그냥 말이 그렇다는 거지."

내가 아니라고 하는데도 엄마는 진정하지 못했다. 충격이 가시지 않는 듯 멍하니 허공만 보고 있었다. 더욱 찜찜한 것은 엄마의 표정에 전혀 기뻐하는 기색이 없었다는 점이다.

"근데 엄마는 내가 결혼하는 게 싫은 눈치네?"

"싫은 게 아니라……"

엄마는 한참 만에 말을 이었다.

"너도 언젠가 결혼하게 될 거라는 생각을 한 번도 못 해봤어."

"그게 무슨 말도 안 되는 소리야. 명절마다 외가 식구들이 마니 시집 안 가냐고 그렇게 잔소리를 하는구만. 서른도 아니고 서른여섯이야, 나. 이제 해 넘기면 서른일곱이고."

"내 눈에는 마냥 어린애 같아서. 열 살짜리 어린애. 사람들이 마니 시집 안 보내느냐고 할 때마다 사실 속으로는, 개가 무슨, 그랬다. 그러고 보니 너도 시집을 갈 나이가 되긴 했구나."

"시집갈 나이가 된 게 아니라 지났지. 한국 여자들 평균 서른에는 결혼할걸?"

돌아보면 시집은커녕 멀쩡한 남자 한 번 만나보지 못했다.

첫사랑이라고 할 수 있는 사람은 고3이 되던 1월에 알게 된 비디오가게 아르바이트생 오빠였던 것 같다. 물론 사귄 건 아니고. 거리를 걷다 스쳐지나가듯 그렇게 몇 번 마주쳤다. 그즈음 사방 벽면을 비디오테이프로 꽉꽉 채운 대규모 대여점들이 여럿 들어섰는데 오랜 영화들을 오백 원 정도의 싼값에 빌릴 수 있었다. 어차피 티브이와 비디오데크는 안방에만 있고, 나는 영화를 별로 좋아하지도 않아서 비디오를 빌려보는 일은 거의 없었다. 학교 도서관에서 자율학습을 하고 집으로 돌아가던 어느 저녁, 왜 그랬는지 대여점에 들어가 신작 비디오를 하나 집었다. 그리고 계산을 하는데 카운터의 아르바이트생이 내 눈을 보며 말했다.

"내일 꼭 오셔야 돼요."

웅? 네? 내일, 꼭, 오라고요? 무슨 고백을 이렇게 갑작스럽게…… 얼굴이 빨개졌던 것 같다. 뭐라고 대답해야 할지 몰라 비디오테이프를 받아 들고 한참을 멍하니 서 있었다. 하늘색 피케 셔츠의 깃을 빳빳하게 세워 입은 알바생이 싱긋, 웃었다.

"이거 최신작이니까 내일 꼭 반납해주세요."

"아, 네, 네, 네."

여러 번 고개를 꾸벅여 인사하며 대여점에서 나왔다. 내가 빌린 영화는 〈페이스오프〉였고, 나는 수줍어 빨개진 얼굴을 뜯어내고 싶었다.

알바 오빠에게 반했다거나 그런 건 아니었다. 정말 아니었는데, 나는 자꾸만 대여점에 갔다. 돈이 없어서 주로 삼백 원이나 오백 원에 빌릴 수 있는 오래된 영화를 골랐다. 나중에는 오빠가 반말을 했고, 내 이름을 불렀고, 영화를 추천해주기도 했다. 오빠의 추천으로 이름이 무척 길고 어려운 외국 감독의 흑백 영화를 세 개나 빌려온 날, 고3이 공부는 안 하고 맨날 비디오만 본다고 엄마에게 그 비디오테이프로 죽도록 맞았다. 반납은 엄마가 했고, 나는 더 이상 대여점에 가지 않았다. 여름방학 때 다시 대여점에 들렀는데 아르바이트생이 바뀌어 있었다. 그때의 내 감정을 사랑이라고 부를 수 있을지 모르겠다. 어쨌든 나는 그를 볼 때마다 가슴이 뛰었고, 이름이 불리는 것의 설렘을 알았고, 더 이상 만날 수 없게 된 그를 그리워했다.

상호 합의된 첫 번째 연애 상대는 대학 동기였다. 내가 열심히 과제 해주고 필기해주고 수강신청해주면, 너무너무 고맙고 사랑한다고, 너 없었으면 어쩔 뻔했느냐고 말하고는, 당구 치러 게임하러 술 마시러 나다니는 개자식이었다. 군대 간다고 거짓말하고 나를 찼다.

일식집에서 같이 아르바이트를 했던 한 살 어린 두 번째 남자친구는 야금야금 돈을 빌려갔다. 돈을 빌려주면 사랑한다고 말했고, 돈이 없다고 하면 미안하다고 울었다. 나도 빠듯한 형편이라 언제까지고 돈을 빌려줄 수는 없었다. 고민 끝에 더 이상 돈을 빌려가지 않았으면 좋겠다고, 그동안 빌린 돈도 갚았으면 좋겠다고 말하자 서운해했다. 자기가 돈을 빌리면 얼마나 빌렸다고 그런 소리를 하느냐며 또 눈물이 그렁그렁 맺혔다. 어쩔 수 없이 그동안 다이어리에 적어둔 날짜와 금액 내역을 보여주었다. 빌려간 돈은 백이십만 원이었고, 학생에게 분명 적은 금액이 아니었다. 그는 눈물을 거두고 싸늘한 눈빛으로 말했다.

"와, 누나 이렇게 무서운 사람이었어? 우리 관계를 이런 식으로 계산하고 있었던 거야? 난 진짜 진심이었는데."

"그런 뜻이 아니라……"

"됐어. 그래, 다 그만두자. 나 무서워서 더 이상 누나 못 만나겠다."

어차피 나도 각오했다. 나는 가방에서 주섬주섬 차용증과 각서를 꺼냈다.

"알았어. 헤어지는 건 헤어지는 거고. 다이어리 보면 알겠지만 백이십만 원이야. 이것도 만 원 이하는 안 적은 거야. 이제라도 차용증 쓰고 갚겠다는 각서도 써. 내용은 내가 프린트해왔으니까 넌 지장만 찍어. 언제까지 갚을래?"

"와아! 와하하하하하! 와, 이 누나 진짜 웃기는 누나네? 완전 또라이였네?"

그는 펄쩍펄쩍 뛰다가 울다가 나를 달래다가 협박하다가 결국 지장은 안 찍고 도망갔다. 하, 이 자식도 개자식이었다.

그리고 세 번째 연애 상대는 나보다 네 살 어린 친구의 동생이었다. 나는 직장인이고 그 녀석은 아직 학생인 까닭에 입히고 먹이고 공부 시키고 거의 내가 키우다시피 했다. 친구 몰래 만나는 게 스릴도 있고, 애도 착하고, 뭐 개중 제일 괜찮았다. 힘든 비밀연애의 종지부를 찍던 새벽 두 시의 한강둔치, 고맙고 미안했다며 눈물로 이별을 고한 그가 굽은 등을 보이며 초라하게 돌아선 나를 불러세웠다.

"근데 누나, 나 택시비 좀."

야, 이 개자식아! 라고 말하지 못했다. 나는 명절 끝에 손주를 돌려보내는 할머니의 심정으로 만 원짜리 두 장을 그의 손에 쥐어주었다. 그렇게 내 연애는 이십 대에 모두 끝났다.

삼십 대에는 나보다 여섯 살 어린 축구 선수와 여덟 살 어린 영화배우와 열 살 어린 아이돌 가수에게 차례로 몰두했다. 그 편이 훨씬 행복했다. 그들은 나를 거부하지 않았고, 돈을 빌리지 않았고, 밥을 사달라고도, 옷을 사달라고도 하지 않았다. 늘 바쁘게, 열심히 사는 것처럼 보였다. 학교를 졸업한 이후로 내가 뭔가를, 그러니까 운동이든 공부든 취미든 계획하고 실천해서 작은 성취라도 얻은 게 있다면 모두 그들에게 받은 긍정적인 자극 덕분이다.

엄마는 그 이후로도 내 결혼에 대해서는 아무 말 하지 않았다. 내가 결혼할 남자가 있는 것도 아니고, 누가 남자를 소개시켜준 것도 아니니 결혼 얘기를 꺼낼 명목이 없긴 했다. 하지만 빈말로라도 취직 못하면 시집이나 가, 소리가 한 번 나올 법도 하건만 그 비슷한 말도 절대 입에 담지 않았다. 일종의 금기어가 돼버린 느낌이다. 그렇게 원수라고, 너 땜에 인생 말아먹었다고 싫은 소리를 해대도 사실 엄마는 나를 좋아하나보다. 생각하니 정말 간지럽기 짝이 없는 말이지만 사실이다. 엄마는 나를 좋아한다. 좋아하면 계속 옆에 두고, 계속 보고, 계속 같이 살고 싶은 마음. 우리 엄마다운 모성애다. 엄마를 위해 열 살 어린애로 살아볼 용의도 있다. 물론 시집가고 싶은 마음이 더 크다.

나는 엄마에게 왜 내가 열 살로 보였느냐고 물었다. 엄마는 일 초의 망설임도 없이 대번에 답했다.

"너 열 살 때 체조 학원 다니기 시작했잖아."

의외였다. 체조는 엄마와 나의 헛짓거리 및 돈지랄의 결정체다. 내가 체조를 그만둔 이후 우리는 섣불리 체조 얘기를 꺼내지 못했다. 지금은 써먹을 곳도 없는 그 체조를 시작한 때가 무슨 의미가 있단 말인가.

"엄마는 내가 진짜 체조 선수라도 될 줄 알았어?"

"그랬지. 너도 그랬잖아."

"나야 애니까 암것도 몰랐지. 근데 엄마는 어른이었잖아. 진짜 내가 체조 선수 돼서 메달 따 오고 그러는 거 기대했던 거야?"

"그런 것도 있고. 그냥 너한테 체조 가르치는 게 좋았어. 엄마 노릇 하는 것 같아서. 생각해보면 내가 엄마 노릇 한 거라고는 그거밖에 없었던 것 같아."

엄마는 그 이후로도 계속 먹여주고, 입혀주고, 꾸준한 잔소리로 나를 닦달하며 충실하게 엄마 노릇을 해왔다. 나는 그렇게 생각했는데 엄마가 생각하는 엄마 노릇의 기준은 좀 다른 모양이다. 나는 왠지 쓸쓸해 보이는 엄마를 위로하고 싶었다.

"회사에서 사람들 이렇게 보면, 다들 일 잘하는 거 아니다? 물론 잘하는 사람도 있긴 하지. 근데 남한테 피해 안 주고 회사에 손해 안 끼치는 정도로 꾸역꾸역 다니는 사람이 대부분이야. 드럽게 못하는 사람도 드물지 않고. 그래도 그 사람들 월급 따박따박 받으면서 잘 살아. 엄마도 그냥 적당히 엄마 노릇 하자, 그렇게 생각해."

엄마는 여전히 시무룩한 어깨를 하고 있었다. 그래서 짧게 한마디 덧붙였다.

"그리고 엄마는 좋은 엄마야. 요즘 돈 벌어 오라고 잔소리 하는 것만 빼면."

"그래서, 취직은 언제 할 거냐?"

엄마는 매일 아침마다 그렇게 속 편하게 잠이 오냐고 한 시간씩 싫은 소리를 해댔다. 눈 뜨기가 힘들었다. 겨울에 해고당한 건 불행 중 다행이라고 뜨끈한 이불 속에서 생각했다. 내 체온으로 덥힌, 세상에서 제일 따뜻하고 아늑한 곳. 뜨거운 젊은 가슴으로 할 수 있는 일이라고는 이불 덥히는 일밖에 없다니. 나는 쓸모가 없기도 하고, 쓸모가 있기도 했다.

스테이크 사건 이후로도 나는 학원에 계속 갔다. 가서, 한국무용을 전공한, 에어로빅 학원 원장에게, 체조를 배웠다. 뭐, 그렇게 됐다. 나는 체조를 배우려고 학원에 등록한 것이었고, 나를 원생으로 받은 이상 원장은 나를 가르쳐야 했고, 그래서 원장은 나에게 체조를 가르쳤다. 아마 원장도 이런저런 책을 뒤져보고 영상을 찾아보았을 것이다.

학원 천장이 낮아, 그렇다고 내가 천장에 닿지는 않겠지만, 점프 난도는 일단 미뤄뒀고, 밸런스 난도와 회전 난도 연습을 시작했다. 원장은 내가 아직 유연하지도 않고 근력도 약하니 파세피봇부터 해보자고 했다. 한 발로 서서 제자리에서 빙글빙글 도는 거라기에 만만하게 생각했는데, 웬걸, 돌기는커녕 가만히 서는 데도 일주일이 넘게 걸렸다. 왼다리를 쭉 뻗고 까치발로 서는 순간, 발바닥에서 시작해서 종아리와 허벅지를 타고 마비가 올라와 나는 비명을 지르며 바닥을 데굴데굴 굴렀다. 며칠 연습한 끝에 겨우 왼다리로 서서 오른 무릎을 꺾어 왼다리의 무릎에 받치고 선 순간, 그 자세 그대로 오른쪽으로 넘어갔다. 퉁, 하고 굵은 나무둥치가 베어져 쓰러지는 소리가 났다. 곧바로 오른쪽 광대에 시퍼런 멍이 올라왔고, 원장은 어떡해 어떡해, 하며 울 것 같은 얼굴을 했다. 원장이 너무 당황하고 어쩔 줄 몰라 해서 오히려 나는 울지도 못하고 괜찮다며 원장을 달랬다.

이번에는 밸런스에 도전했다. 원장은 그냥 균형을 잡고 서면 된다고 했는데 이것도 쉽지가 않았다. 많이 휘청거리긴 했지만 어쨌든 오른다리만으로 서서 왼다리를 쭉 뻗어 뒤로 들어올렸는데, 겨우 삼십 도 정도 올라갔다. 원장은 다리를 구십 도로 들어올려 보였다.

"그냥 허리 높이까지만 들어올리면 되는 거야."

마치 손가락을 펼쳐봐, 라든가 눈을 깜빡여봐, 같은 주문을 하듯 대수롭지 않게 말했다. 허리 높이까지 다리를 올리는 게 그렇게 쉬우면 체조 선수가 왜 따로 있겠어요. 이번에도 쉽지 않았고, 스트레칭 훈련 시간이 더 늘어났다. 원장은 아예 수요일 오후를 나에게 다 내주었고, 엄마는 학원으로 간식 도시락을 싸다 날랐다. 그렇게 엄마와 원장과 내가 삼위일체로 애쓴 결과, 선수들이 가장 쉽고 흔하게 구사한다는 아라베스크나 애티튜드 밸런스 정도는 비슷하게 흉내낼 수 있게 되었다.

한 발로 균형을 잡고 서서 리본을 동그랗게, 8자 모양으로, 물결 모양으로 만드는 연습을 할 때는 진짜 체조 선수가 된 기분이었다. 팔을 따라 공을 굴리거나 후프가 다시 돌아오게 던지는 연습도 했다. 하지만 리본과 곤봉, 공, 후프 같은 수구 연습을 하기에 학원은 너무 좁고 낮았다. 수구 쥐는 법, 던지고 받는 방법은 그림으로 보고 설명으로 들었고 연습은 대부분 동네 공터에서 혼자 했다.

느렸고, 끝내 완벽해지지 않았지만, 내 체조 실력은 분명 늘었다. 속도야 어쨌든 방향이 앞을 향하고 있었던 건 내 평생 그때가 유일했던 것 같다. 생각하면 지금도 자연스럽게 미소가 지어진다. 체조부가 있는 학교로 전학 갈 날을 기다리며 에어로빅 학원에서 체조를 배우던 일 년이 내 인생의 황금기였다. 사실 지독한 따돌림을 당한 시기이기도 했다. 뉴스에서는 요즘 아이들의 학습 스트레스가 심하고 엄마들이 유난해서 왕따니 셔틀이니 하는 것들이 생겨난 것처럼 떠들어대지만 아니다. 내가 초등학교 다니던 때에도 분명 있었다. 다만 그때는 그런 말이 없었을 뿐이다. 말의 위력이란 대단해서 입으로 뱉어놓으면 실체가 생기고, 점점 심각해진다.

왕따가 되는 과정은 간단하다. 반에서 대장 노릇을 하는 아이가 작정하고 안 놀아주면 대장을 따라다니는 줏대 없는 몇몇 아이들도 같이 놀지 않는다. 줏대 없는 아이들은 점점 많아지고 그러다 반 아이들 대부분이 놀아주지 않는 지경에 이른다. 놀아주고 싶은 마음 약한, 착하거나 정의로운 것이 아니라 그냥 마음이 약한 아이들이 한두 명 있지만 그러다가 자신까지 엮일까봐 선뜻 나서지 못한다. 그렇게 시간이 흐르고 따돌림을 당하는 아이가 괴로워하면 괴로워하는 그 모습이 재밌어서 이제는 작정하고 이런저런 방법으로 괴롭힌다. 아이들이란 그런 존재다. 가르치지 않으면 본능적으로 나쁜 짓을 한다. 누가 성선설을 믿는가. 나는 사람이란 뼈 속부터 악한 존재라고 생각한다.

그러니까 내가 그 왕따당하던 아이였다. 왕따를 당하는 데에는 두 가지 이유가 있는데, 지저분하고 멍청하고 뒤처지는 부류와 너무 잘나서 튀는 부류다. 내 입으로 이런 말 하기는 참 쑥스럽지만 난 후자였다. 엄밀히 말하자면 내가 진짜 잘났다는 건 아니고 잘난 아이들이나 할 것 같은 체조를 했기 때문이다. 엄마가 담임에게 부탁해 수요일에 오전 수

업만 받고 체조 학원, 알고 보면 에어로빅 학원에 가도록 조치를 취하면서 내가 체조를 배운다는 사실이 모두에게 알려졌고, 어찌어찌 나는 왕따가 되었다.

아이들이 아무리 괴롭혀도 그다지 괴롭지 않았다. 나도 사람이고, 게다가 열 살밖에 안 된 여자애였는데 전혀 괴롭지 않았다면 그건 미치거나 모자란 거고. 괴롭긴 했지만 참을 만했다. 사람은 모름지기 목표가 있어야 한다. 앞만 보고 정신없이 달리다보니 정작 발이 진창에 푹푹 빠지는 것도 몰랐다. 진흙이 어찌나 야무지고 차진지 계속 제자리걸음이었는데도 말이다.

나는 3학년 때에도 혜선이와 같은 반이었다. 혜선은 뭐가 그리 급한지 새 학년이 시작된 지 일주일도 되기 전에 대부분의 여자애들을 포섭했다. 사귀었다거나 친해졌다는 표현은 혜선의 교우관계를 설명하는 데 적당하지 않다. 혜선은 새 교실에 주눅 들어 있는 아이들에게 다정하게 다가가, 칭찬과 호감을 아낌없이 퍼붓고, 난감할 때 도움을 주다가, 내 곁을 떠나면 이런 호의는 없다는 공포를 심어준다. 반 아이들이 다 보고 있는데 친한 무리에게만 초콜릿을 뿌리거나, 앙케이트 노트를 돌리거나, 쪽지를 전하는 식이다. 사실 그 쪽지에 비밀스러운 내용은 있지도 않다. 그렇게 아이들은 혜선의 주변에 모이고, 그들이 몰려다니며 반 분위기를 주도한다. 쉬는 시간이면 교실 뒤 공간을 다 차지하고 말뚝박기를 하거나 고무줄을 하면서 거기 끼지 못하는 아이들을 주눅 들게 했다. 그렇게 낡은 나무바닥이 부서져라 뛰어다니는데도 선생님은 아무 말도 하지 않았다. 선생님들도 마찬가지다. 자신보다 기가 더 세 보이는 아이들은 함부로 혼내지도 못한다.

혜선은 내가 계속 체조를 한다는 사실을 못마땅해했다.

"야! 너! 체조 잘 하고 있어? 많이 배웠어? 어제는 뭐 배웠는데?"

처음에는 그냥 궁금해서 묻는 줄 알았다. 앞에 '야'와 '너'가 둘 다 붙었을 때 알아챘어야 했다. 궁금한 게 아니라 기회를 노리고 있었다는 사실을. 나는 또 눈치 없이 차분차분 대답했다. 어제는 주로 스트레칭했고, 또 어제는 밸런스 난도 훈련을 했고, 또 어제는 후프 연기를 연습했고, 또 어제는 근처 학교에 가서 혼자 평균대 연습을 했고…… 나는 답답하리만큼 열심히 어제 배운 것들을 설명해주었다. 혜선은 매번 입꼬리를 샐쭉거리면서 그러냐고, 잘 하라고 말하고는 쌩 돌아서버렸다. 기껏 물어봐놓고 전혀 안 궁금하다는 표정으로 돌아서는데 정말 궁금해하는 것 같았다. 궁금하긴 한가보다, 사실 조금 부러운가보다, 생각하면서 나는 우쭐한 기분도 들었다. 아무것도 모르고 뒹굴뒹굴하던 때는 네가 나보다 나았을지 몰라도 지금은 아니야. 그러다 나는 결정적인 실수를 했다. 그냥 연습 많이 한다고만 하면 될 것을 쓸데없는 말을 덧붙인 것이다.

"난 이제 눈 가리고도 평균대 지나갈 수 있어."

혜선의 눈이 반짝, 했다.

"그래? 오늘 수업 마치고 체육관으로 와. 그 대단한 실력 나도 한번 보자."

〈방과 후 옥상〉의 십 세, 그러니까 열 살 버전이랄까. 등골을 따라 내려가는 식은땀 한 줄기. 수업 시간 내내 고민했다. 체육관에 갈까 말까. 혜선이에게는 손해 볼 게 없는 제안이다. 내가 평균대에서 시원하게 미끄러지면 두고두고 나를 놀릴 것이고, 잘 해내면 대수롭지 않은 일로 넘겨버릴 것이다. 그렇다고 체육관에 가지 않으면? 그것도 시빗거리가 되겠지. 쉽사리 판단이 서지 않았지만 그래도 나는 혜선을 좀 안다. 의외로 소심하고 겁이 많다. 강자에게 약하고, 약자에게 강한 전형적인 비열한 성격. 방법은 하나뿐이다. 멋지게 평균대를 지나가서 혜선의 콧대를 납작하게 하는 것이다.

체육관에는 스무 명쯤 되는 농구부원들이 열혈 훈련 중이었고, 누가 어떻게 창고에서 꺼내 왔는지 알 수 없는 커다란 평균대가 구석에 얌전히 놓여 나를 기다리고 있었다. 혜선과 혜선을 열심히 따르는 여자아이들은 청소년 드라마 타이틀에나 나올 것 같은 포즈로 평균대 위에 나란히 걸터앉아 몸을 흔들고 서로의 어깨를 치며 과장되게 웃고 있었다. 농구부 남자애들은 자기 머리통보다 큰 농구공을 튕기며 무슨 일이냐는 듯 평균대 쪽을 계속 힐끔거렸다. 여자 아이들 몇 명이 올 거라고는 생각했고, 각오도 했다. 그런데, 이렇게 관객이 많을 줄이야. 아, 망했다.
"야아! 고마니!"
체육관 입구에 서서 주춤거리고 있자 혜선이 큰 소리로 나를 불렀다. 그때는 돌이킬 수 없다고 생각했다. 왜 그렇게 생각했을까. 아직 충분히 돌이킬 수 있을 때였다. 그냥 뒤돌아서 도망치면 됐을 것을. 나는 망설이면서도 걸음을 옮겼고, 결국 평균대 앞에 섰다.
"자, 이걸로 눈 가려."
실눈을 조금 뜰 생각도 있었는데, 혜선은 안대로 쓰기 딱 좋은 길이와 폭의 헤어밴드까지 구해 왔다. 내키지는 않는 마음과 떨리는 손으로 헤어밴드를 받아드는데 뭔가 싸한 기분이 들었다. 뭐지, 이 서늘한 느낌은. 허전한 느낌은. 조용한 느낌은. 그랬다, 조용해졌다. 분명 농구부 아이들이 농구공 튕기는 소리가 천장이 높은 체육관을 웅웅, 울리고 있었는데 멈췄다. 고요했고 어색했다. 놀라 뒤를 돌아보니 몇 명은 공을 그냥 들고 서서 우리를 보고 있었고, 몇 명은 호기심 가득한 표정을 하고 평균대 쪽으로 걸어오고 있었다. 그때 체육관 구석의 간이 의자에 앉아 있던 농구부 코치가 우리를 향해 물었다.

"거기 늬들 뭐하는 거니?"

혜선은 당황하거나 주눅 들지도 않고 큰 소리로 대답했다.

"얘가 체조선순데요, 눈 가리고 평균대 건너는 거 보여준다고 해서 구경 왔어요."

야, 내가 보여준다고 한 게 아니라 네가 해보라고 한 거잖아!

"뭐야?"

농구부 연습하는 건 조는지 보는지 알 수도 없게 흔들흔들 앉아 있더니, 남 일에 무슨 관심이야. 코치는 끼고 있던 팔짱을 풀어 무릎을 짚더니 아주 천천히 일어나 우리 쪽으로 걸어왔다.

"잠깐! 너희들 멈춰!"

위험하다고 말릴 모양이다! 나는 순간 환호성을 지를 뻔했다. 단 하루도 트레이닝복의 무릎이 튀어나오지 않은 적이 없는 농구부 코치. 체육관 바닥에 앉니 사이로 침을 찍찍 뱉었고, 그 침을 운동홧발로 비벼 문질렀고, 운동화 밑창의 물결무늬 모양으로 침 자국을 찍으며 온 체육관을 밟고 다녔다. 아이들이 앉기도 하고, 눕고 엎드려 준비 운동도 하는 체육관 바닥에. 나는 그런 코치가 싫었다. 게다가 농구부 선수들을 엄청나게 때린다고 들었다. 전국대회에서 상을 휩쓰는 우리 학교 농구부. 얼마나 맞았으면, 또 얼마나 맞기 싫었으면. 그런데 그렇게 싫던 코치가 오늘은 내 구세주가 되려나보다. 천천히 그가 걸어오는 동안 생각했다. 오해해서 죄송해요, 코치님. 어기적거리는 걸음으로 드디어 평균대 앞까지 다가온 코치가 말했다.

"나도 좀 보자."

미적미적 눈치를 보고 있던 농구부 아이들이 우르르 몰려들었다. 그럼 그렇지. 미운 놈이 미운 짓만 한다더니. 나는 처음부터 이 코치가 싫었다! 정말 싫었다! 이러려고 싫었던 게 분명하다! 더 이상 물러설 곳이 없었다. 나는 보란 듯이 평균대 건너기에 성공할 것이고, 농구부 아이들의 박수갈채를 받을 것이고, 혜선은 내 실력을 인정할 수밖에 없을 것이다. 어쩌면 잘된 일이다.

내가 헤어밴드를 앞뒤로 돌리며 혹시 빈틈은 없는지 살피는데 혜선이 다가와 도와줄게, 했다. 정성스럽게 내 눈을 가리고는 귀에 속삭였다.

"마니, 화이팅!"

혜선의 목소리가 비집고 들어오자 귀와 목, 어깨, 옆구리까지 오소소 소름이 돋아났다. 아, 힘들게 마음 다잡고 있는데 다 망쳐놨어, 이 기집애.

나는 길게 심호흡했다. 손으로 더듬더듬 짚어서 평균대에 올라갈 것인가, 도움닫기로 가볍게 뛰어 올라갈 것인가 잠깐 고민했다. 폼이야 어떻든 무조건 성공해야 한다. 나는 평균대를 손으로 더듬어 길이와 넓이, 높이를 가늠했다. 정말 폼 안 나게 일단 배를 걸치고, 두 다리를 파닥파닥 하면서 탄력을 주다가 오른다리를 순간적으로 획 들어 평균대에 걸쳤다. 벌벌 떨면서 겨우 평균대에 올라 휘청휘청 힘들게 중심을 잡았다.

큭큭, 웃음소리가 들렸다. 혼자 연습할 때는 늘 평균대에 오른 후에 눈을 감았었다. 혜선이, 이 망할 계집애. 눈 감고 건널 수 있다고 했지, 눈 감고 올라갈 수 있다고는 안 했다!

순간 머리가 핑, 하더니 몸 안의 모든 수분이 출렁거리는 느낌이 들었다. 보이지도 않는 눈앞이 빙글빙글 돌았다. 올라오는 데 너무 많은 에너지를 쏟아버렸고 첫발을 내딛는 순간, 나는 보기 좋게 미끄러져 떨어졌다. 가장 먼저 웃음을 터뜨린 것은 혜선이었다. 다음으로 여자애들이 작게 웃었고, 남자애들이 조심스럽게 웃었다.

"뭐야, 시시하구만."

코치가 한마디 거들자 아이들은 마음 놓고 웃기 시작했다. 수십 명의 웃음소리가 체육관을 쩌렁쩌렁 울렸다. 나는 안대를 미처 다 벗지도 못하고 뛰어나갔다. 그러다 연습에 늦어 급히 들어오던 농구부와 부딪히며 나뒹굴었다. 불행은 늘 한꺼번에 온다. 남자애의 팔꿈치에 맞아 눈두덩이 시퍼렇게 멍들었다.

다음 날부터 혜선은 나를 '짝다리'라고 불렀다. 도대체 무슨 뜻이고, 어디서 나온 말인지 알 수 없으나 아무튼 기분 나쁜 말이었다. 내 옆을 지날 때마다 짝다리, 짝다리, 했다. 그러자 다른 아이들도 덩달아 짝다리, 짝다리, 했다. 그래도 한때 우리는 단짝 비슷한 관계였다. 혜선이와의 추억들이 아련하게 떠올랐다. 혜선의 발에 걸어차여 코피가 났던 일, 홍콩할매가 무섭다는 혜선을 집까지 데려다주었던 일, 내 손에 혜선이 쥐어주었던 손전등…… 그런데 혜선은 다른 아이들과 몰려다니면서 나를 본체만체하는 것으로도 모자라 이제 대놓고 나를 웃음거리로 만든다. 나는 혜선에게 실망했다.

나는 사람들 사이에는 '의리'라는 것이 있어야 한다고 생각한다. 주먹 세계의 이야기가 아니다. 누군가와 인연을 맺었으면 적어도 그 인연만큼의 믿음과 예의와 배려가 있어야 한다는 뜻이다. 그러니까 일주일에 세 번씩 만나는 에어로빅 원장에게는 진심을 7분의 3 정도는 내보일 수 있어야 하고, 매일 하굣길에 마주치는 붕어빵 아줌마에게는 붕어빵을 사지 않더라도 눈인사 정도는 해야 하고, 내 인생에서 가장 많은 시간을 비비적거려온 엄마에게는 평생토록 의리를 지켜야 한다. 2학년 내내 나와 손 꼭 잡고 등하교를 했던 혜선은 적어도 그 이후 일 년 동안은 내 손을 놓지 말아야 했다. 게다가 우리는 같은 꿈을 꾸며 힘겹고 추운 겨울을 함께하지 않았는가. 혜선은 정말 의리가 없다.

아무리 짝다리, 짝다리, 하며 놀려도 내가 별 반응이 없자 아이들은 나를 괴롭히기 시작했다. 이번에도 혜선이와 그 일당들이 중심이었다. 발표를 마치고 앉을 때 의자를 빼는 것은 기본이고, 복도에서 발 걸어 넘어뜨리기, 체육복 바지 잡아당겨 벗기기, 등에 이상한 쪽지 붙이기 등. 부연설명도 구차한 아주 전통적인 방법의 괴롭힘이었다. 혜선은 의리도 없고, 창의력도 없다.

그래도 나는 꿋꿋하게 견뎠다. 선생님께 이르지도 않았다. 내 방식의 의리였달까. 그러다가 남태평양 한가운데 깊고 깊은 심연의 분화구처럼 숨죽이고 있던 내가 폭발한 사건이 있었는데, 별것 아니게도 혜선의 말 한마디 때문이었다. 화장실에 다녀오는데 아이들이 많은 복도에서 혜선이 내 치마를 훌렁 들치며 아이스께끼를 했다. 나는 말없이 치마를 내리고 말았고, 혜선은 입맛을 다시며 투덜투덜 말했다.

"에이, 재미없어."

그 말이 나를 견딜 수 없게 했다. 재미? 재미? 재미라니! 차라리 내가 부럽다고 했다면, 잘하지도 못하는 체조 한다고 나대는 게 우습다고 했다면, 잘난 척하는 내가 재수 없다고 했다면, 오히려 나는 미안했을 것이다. 그런데 재미가 없단다. 그냥 재밌자고 나를 그렇게 괴롭혔단다. 나는 복도 끝으로 걸어가는 혜선의 뒤통수를 향해 온 학교가 쩌렁쩌렁 울리도록 소리쳤다.

"야, 김혜선!"

혜선은 코너를 돌아 사라졌다가 다시 고개를 빼꼼 내밀었다.

"야, 너, 지금 나 부른 거야?"

"그래, 김혜선. 너 거기 서!"

나는 성큼성큼 복도를 걸어 혜선이에게 다가갔다. 내가 걸음을 쿵쿵 옮길 때마다 낡은 나무복도가 삐걱삐걱했다. 혜선은 기분이 상한 것인지, 놀란 것인지, 겁먹은 것인지 알 수 없는 표정을 하고 그 자리에 진짜 가만히 서 있었다. 혜선의 따귀를 올려붙일 수 있을 만큼 가까이 다가가서야 나는 걸음을 멈췄다. 혜선은 움찔하더니 한 걸음 뒤로 물러섰다.

"너, 코마네치 알아?"

갑자기 내 입에서는 생각지도 않았던 이름이 튀어나왔다. 어쩌자고 이런 얘기를 꺼내고 있을까? 입과 머리가 따로 움직였다. 체조 모임 아이들 앞에서 통곡하던 그때처럼.

"알 리가 있나? 몬트리올올림픽의 영웅을 네가 아느냐구! 너 내가 어떤 사람인 줄 알아? 어흐흑. 내가 왜 고마니인 줄 알아? 으허허헝. 내 이름이 왜 네가 처음 들었을 때 흑흑, 세 번이나 다시 물을 만큼 으허헉,

이렇게 이상한지 혹, 알아? 나는 고마니, 코마네치는 코마네치. 나는, 그러니까 나는, 고마네치로 다시 태어난 거야! 엉엉엉엉, 아악!"

울음과 비명을 함께 쏟아내고 나는 혼절하듯 주저앉아버렸다. 혜선은 정말 턱이 빠지기라도 한 것처럼 입을 떠억 벌리고 그 자리에 얼어붙었다. 그리고 다시는 나를 놀리지 않았다. 물론 나와 놀아주지도 않았지만. 그때 혜선은 내가 무슨 얘기를 하는지 알았을까. 아마 울음 섞인 내 말을 절반도 알아듣지 못했을 것이다. 그냥 그 분위기에 압도되었던 것 같다.

한심하게도 나는 그때 코마네치가 살아 있다는 걸 몰랐다. 왜 당연히 죽었다고 생각했을까. 그 이후 코마네치는 세 번이나 두 눈 시퍼렇게 뜨고 한국에 왔다. 코마네치가 알았으면 기함했을 일이다. 그러거나 말거나 나는 스스로를 코마네치의 환생이라 믿으며 아슬아슬하고도 행복한 시간을 보냈다.

자꾸만 높이 올라가는 사람들

97년 여름이었다. 여전히 우리 동네는 재개발이고 아파트고 지지부진했는데, S아파트 건너편 일대에 갑자기 재개발지구 지정 팻말이 붙었다. 앞 동네는 개발제한구역이었다. 개발제한이라는 게 땅 파고 빌딩 세우는 것만 안 되는 게 아니었다. 대문 달고 화장실 고치는 것도 주인 마음대로 할 수 없는 집들은 서서히 낡아 허물어지고 있었다. 손잡이까지 똥칠이 되어 있는 더러운 공용 화장실이 골목 한 귀퉁이에 있었고, 아직도 연탄을 때어 방을 데웠고, 화목난로나 장작을 때는 집도 있었다. 골목마다 프로판 가스통이 위태롭게 쌓여 있었다. 비를 막을 지붕과 드나들 문이 있다는 것 말고는 도저히 사람 사는 집이라고 할 수 있는 모양새들이 아니었다. 근처를 지날 때마다 삐끗하면 끝장이라는 생각이 머리를 떠나지 않았다. 저러다 넘치면 끝장이다, 무너지면 끝장이다, 터지면 끝장이다, 불이라도 나면 진짜 끝장이다!

한번은 연탄가스가 새서 할아버지 한 명이 쓰러졌는데 길이 워낙 좁고 복잡해 구급차가 들어오지 못하고 애를 먹은 적이 있다. 담배꽁초에 남아 있던 작은 불씨로 인해, 나란히 붙은 네 집이 타버리고 한 사람이 죽은 적도 있다. 집들이 다닥다닥 붙어 있고 목조 건물이 많다보니 불이 순식간에 커진 것이다. 그나마 가스통 폭발 안 한 게 어디냐고 안도해야 했다. 만일 가스통이 줄줄이 터졌다면 근방이 싹 쑥대밭 됐을 거다.

재개발이 결정되기 직전, 한 시사고발 프로그램에 앞 동네가 나왔다. 방송 전체가 어떤 주제였는지는 잘 기억나지 않는데, 앞 동네가 나온 부분은 개발제한에 묶인 지역 주민들의 고충에 대한 것이었다. 주민대표 아저씨는 인권침해라고 목소리를 높였다. 사람답게 살게 해달라, 집을 고칠 수라도 있게 해달라고 호소했다. 아저씨가 인상은 정말 안 좋았는데 말은 참 잘했다. 등교 준비를 하는 주민대표 아저씨의 초등학생 아들은 내내 고개를 숙이고 손으로 얼굴을 가렸다. 다섯 가족, 열아홉 명이 쓰는 공용 화장실 앞에서 이십 분 넘게 줄을 서서 용변을 보고, 재래식 주방에 쭈그리고 앉아 가스레인지에 데운 물로 세수를 했다. 취재진이 뭐가 제일 불편하냐고 묻자 아이는 결국 울음을 터뜨렸다.

"이거 우리 반 애들이 보면 놀린단 말이에요. 저 이제 그만 찍으면 안 돼요?"

바로 앞에 살면서도 그렇게까지 처참하게 살고 있는 줄 몰랐다. 나도 모르게 안됐다, 불쌍하다, 는 말이 나왔다. 옆에서 함께 텔레비전을 보고 있던 엄마가 큰 소리로 비웃었다. 물론 우리가 누굴 불쌍해할 처지가 아니긴 했지만 사람 마음이라는 게 꼭 내 처지, 남의 처지 비교하고 감안해서 합리적으로 생겨나는 건 아니지 않나.

"엄마는 이럴 때 보면 참 인정머리 없어."

"넌 이럴 때 보면 참 눈치가 없어. 딱 보면 모르겠어? 쟤가 왜 창피하다고 울고불고하는 것 같냐?"

그거야 엄마가 밥하는 옆에서 세수하고 있는 꼴이 처량하고, 똥통이 훤히 보이는 더러운 공용 화장실에서 똥 누는 게 창피해서겠지. 그나저나 화장실 청소는 누가 하나? 다섯 집이 돌아가면서 하나? 세 식구 쓰는 우리 화장실도 어지간히 더러운데 저 화장실은…… 아, 생각만 해도 끔찍했다. 나는 다른 건 다 무딘 편인데 화장실 문제만큼은 예민해서 밖에서는 화장실에 잘 가지 않는다. 특히나 공원 같은 데 세워진 '누구나' 쓰는 이동식 공용 화장실은 정말 최악이다. 내가 화장실의 청결과 삶의 질에 대해 생각하고 있는데, 엄마가 혀를 끌끌 찼다.

"이 모지란 것아, 그건 쟤가 평소에 저렇게 살지 않기 때문이야."

"응?"

"저 주민대표 아저씨네 늦둥이는 평소에 저렇게 하지 않는다고. 봐라, 얼마나 어색하고 불편해 뵈냐? 저 부엌, 자기네 부엌 아니야. 문간방 부엌이지. 저 드러운 화장실도 세 사는 사람들만 가. 주인집들은 다 자기 집 안에 화장실 있어. 아무리 못 고치게 해도 몰래 몰래 다 뜯어 고치고 살았어. 그래도 불편하고 억울한 건 맞지만, 저렇게 울고불고하면 진짜 저러고 사는 사람들 마음이 어떻겠냐?"

뒤통수를 한 대 제대로 맞은 기분이었다. 그러고 보니 현관 안으로는 카메라가 들어가지 않았다. 창문이 안 닫힌다거나 천장에서 물이 줄줄 샌다는 인터뷰도 마당 수돗가에서 했다. 말문이 막혀 있는 나에게 엄마는 더욱 충격적인 말을 했다.

"저 사람 차도 여러 대야. 중고차 하는 사람이니까 뭐 타던 차 팔고, 파는 차 타고 그러는 거겠지만."

"그럼 왜 저기서 저렇게 거짓말하고 있어?"

"빨리 그린벨트 풀고 개발해달라고 그러는 거지. 아파트라도 들어서 봐라. 똥값인 저 집이 금값 되는 거지."

"진짜야? 엄마는 그걸 어떻게 알아?"

"다 알지, 그럼. 이 코딱지만 한 동네에서 서로 모르는 게 어딨어? 언제 내 말 틀린 거 봤어? 선경이 봐라, 내가 속도위반 했다고 했지? 육 개월 만에 애 낳더라. 미장원 이혼하는 거 봤지? 내가 바람났다고 했잖아."

문득 궁금해졌다.

"그럼 우리 집은 뭐라고 소문났어?"

엄마는 나를 한 번 빤히 보더니 대답했다.

"딸년이 애물단지라고 소문났다!"

내가 애물이거나 말거나 길 건너 동네는 곧 개발제한이 풀렸다. 재개발사업 계획이 구체적으로 나오고, 시공사가 정해지고, 보상과 이주, 철거 절차에 들어갔다. 일사천리였다. 주민대표가 워낙 말발이 세고 수완이 좋아서라고 했다. 모두 엄마의 말이다. 물론 엄마도 어디선가 주워들은 얘기일 것이다. 아파트 짓는 데 말발이며 수완이 무슨 상관이냐고 묻자 엄마는 원래 그런 거라며 또 한 번 넌 참 눈치가 없어, 했다.

그런데 이해할 수 없는 일이 벌어졌다. 곧 뭉개질 길 건너 동네에 살지도 못할 판잣집과 용도를 알 수 없는 비닐하우스가 생기고 뜬금없는 고추들이 마구 심어진 것이다. 집주인들은 서둘러 세입자들을 내쫓고 시집간 딸과 사촌과 이모와 사돈댁까지 모두 자기 집으로 주소를 옮겨 놓았다. 보상금 때문이었다. 금액이 크던 작던 집과 방에 보상금이 붙고, 땅과 그 위의 건축물에 각각 보상금이 붙고, 농작물에도 보상금이 붙었다. 존재가치는 보상금의 여부와 그 금액에 따라 결정됐다.

나는 길 건너의 이상한 일들을 강 건너 불 구경 정도로 여겼는데, 엄마는 부러움인지 분노인지 알 수 없는 감정을 활활 불태웠다. 주민대표 이하 앞 동네 주민들을 '뻥 치는 데 도가 튼 사람들'이라고 했다. 그린벨트로 묶여 있을 때는 집 다 허물어져가는 것처럼 그렇게 뻥을 치고 다니더니 이제 집도 뻥으로 짓고 고추도 뻥으로 심고 사람들도 뻥으로 산다고 했다.

"아파트도 뻥으로 짓지 왜?"

"엄마랑 상관도 없는 일인데 왜 그렇게 화를 내?"

"자기들도 없이 살아보고 고생도 해본 사람들이 올챙이 적 생각 못하고 마음보를 저렇게 못되게 써서 그런다. 얼마나 볼썽사납냐?"

사실 고생스럽게 살아온 사람들이 그렇지 않은 이들보다 마음보가 더 못된 법이다. 이리저리 부딪히고 깨졌으니 둥글둥글한 게 아니라 뾰족뾰족 모가 나는 게 당연하다. 불법과 탈법과 비도덕을 동원해서라도 고생문에서 나오겠다는 게 정상이지 가시밭길이라도 바르고 착하게 가겠다는 건, 미친 거다.

사정이 제각각인 천여 가구와 그 안에서 또 생각이 다른 수천 사람의 입장을 정리해 보상 기준을 세우기가 쉽지는 않았을 것이다. 많은 사람들이 포기했고, 더 많은 사람들이 현실적으로 자신들이 가질 수 있는 최대의 이익을 선택했다. 그렇게 보상 절차가 마무리되는 중에 그래도, 끝까지, 떠나지 못하겠다는 이들이 있었다. 그 허술한 집조차 가지지 못한 세입자들이었다. 서울에서 가장 가난하고, 가장 집값이 싸고, 더불어 가장 보증금이 싸고, 당연히 월세도 싼 그곳을 떠나서는 서울 끝자락 어디에도 비슷한 방을 얻지 못할 게 뻔했다. 이사 비용이 어떻게 책정되었는지는 모르지만 이사를 가기에도, 보금자리를 구하기에도 턱없이 부족했다.

그들의 입장을 대변해주는 사람은 없었다. 그동안은 같이 가난했으므로 집주인과 세입자라고 사는 게 크게 다르지 않았다. 같은 시장으로 함께 장사를 나갔고, 같은 버스를 탔고, 같은 가게에서 같은 찬거리를 사서 똑같은 까만 비닐봉지를 달랑달랑 흔들며 귀가했다. 하지만 달라졌다. 집주인들은 그 집이라도 있는 유세를 톡톡히 떨었다. 사람이란 돈 앞에 얼마나 잔인한가.

밤이 되면 앞 동네에서 희미한 불빛이 몇 점 보였다. 집을 헐어 부수는 사람들과 정말 더럽고 치사해서 나가고 싶지만 그러지 못하는 사람들이 죽기 살기로 싸웠다. 한쪽에서는 엄동설한에 가스와 전기까지 끊고, 창문도 깨부수며 나가라고 난동을 부렸고, 다른 한쪽에서는 가스와 전기도 없이, 창문도 없이 꿋꿋하게 겨울을 버텼다. 밤사이 누군가 벽에 새빨간 페인트로 얼른 나가라는 말과 함께 차마 눈뜨고 볼 수 없는 욕지기와 음담패설을 적어놓고 갔다. 그러면 남은 사람들 역시 빨간 페인트로 그래도 못 나간다는 말과 함께 더 지독한 음담패설을 적어놓았다.

싸움은 결국 나가라는 쪽이 이겼다. 철거 작업이 시작된 것이다. 중장비 기사들에게 일부러 술을 먹여 제정신이 아닌 상태에서 일을 시킨다고, 개가 있건 사람이 있건 상관 안 한다고 했다. 포클레인이 골목 입구의 판잣집을 진짜 부수던 순간, 바람이 숭숭 샐 듯 얇디얇은 유리창이 차르르 깨어지는 순간, 대문 옆의 개집이 먼저 우지끈 종잇장처럼 구겨지던 순간, 남아 있던 사람들은 쥐떼와 함께 혼비백산해서 튀어나왔다.

앞 동네로 연결되는 지하철 출구도 나무판자로 막혀버렸다. 지하철이 들어올 때에도 수많은 판잣집들이 맥없이 헐려나갔었다. 그때도 사람들은 벽에 빈 공간을 찾을 수 없을 만큼 새빨간 페인트로 떡칠에 덧칠을 했다. 철거금지. 꺼져. 쫓아내지 마. 아직 사람이 있다…… 마음 한 구석이 알 수 없는 죄책감으로 묵직해지는 말이었다. 아직, 사람이, 있다. 늘 그랬다. 늘 사람이 있었고, 상관하지 않았다. 지하철 공사 때 인부로 일하던 내 또래의 중국교포 청년은 무너져내리는 기둥에 깔려 실종되었다. 아마, 죽었겠지, 시신은 찾았을까.

우리 동네도 재개발이라는 게 시작되면 앞 동네 같은 일이 일어나겠구나, 막연히 생각했다. 철근과 판자 들이 삐죽삐죽 날을 세운 앞 동네와 S아파트는 서울시 지정 흉물 1호를 다투고 있었다. 대로에서 오른쪽으로 고개를 돌리면 멀쩡한 벽보다 땜질 자국이 더 많은 기우뚱한 S아파트가 보이고, 왼쪽으로 고개를 돌리면 허물어져가는 집들 사이로 누가 보던 것인지 알 수 없는 신문지들이 스산하게 뒹굴었다. 먹고살기 바쁜데 누가 신문을 봤을라고. 〈가로수〉나 〈벼룩시장〉쯤 됐겠지.

그리고 그때는 몰랐다. 나는 아직 어렸고, 뉴스에도 나오지 않아서, 몰랐다. 지금은 화려한 고층 아파트가 들어선 수많은 자리에서 맞고, 다치고, 죽은 사람들이 있었다는 사실을. 집주인에게는 만족할 만한 아파트를 주겠다고, 세입자에게는 임대아파트에 살게 해주겠다고, 공사가 진행되는 동안은 임시 거처를 마련해주고, 이사 비용도 충분히 주겠다던 사람들은 번번이 약속을 깼다. 그리고 엉뚱하게도 싸움은 일방적으로 약속을 파기당한 이들 사이에서 벌어졌다. 기원을 가늠할 수 없는 오랜 삶의 터전들은 일순간에 폐허가 되었고, 폐허 한가운데에 망루가 지어졌다. 망루들은 너무 높았고, 그곳에 오르는 건 언제나 가장 절박한 이들이었다.

자꾸만 높이 올라가는 사람들이 있다. 망루 위로, 옥상 위로, 철탑 위로, 굴뚝 위로…… 숱한 상식과 비상식의 호소들이 끝내 받아들여지지 않자 스스로를 고공에 고립시킨 것이다. 그곳이 얼마나 불안하고 위태로운지 잘 알고, 알기 때문에 그 안에 자신을 가둘 수밖에 없다. 그래도 들어주지 않는다. 걱정해주지 않고 불안해해주지 않는다. 세상은 공감 능력을 잃어버렸다.

망루는 십팔 미터 높이에 있었다. 그 자리에 들어설 아파트의 칠층 정도. 떠나지 않기로 결정한 것은 여덟 가구였고, 그 가족들이 번갈아가며 망루를 지켰다. 수도와 전기가 끊겨 빗물을 받아 쓰며 버티고 있었다. 밤에도 잠을 이룰 수 없을 만큼 무더웠던 한여름의 어느 오후, 망루 일층에서 불길이 솟았다. 불길은 순식간에 망루를 뒤덮었고, 망루 위에 있던 주민들이 뛰어내렸다. 십팔 미터, 아파트 칠층 높이에서. 주민들은 허리와 팔, 다리, 골반이 부러지고 금이 간 채로 연행되었고, 병원으로 옮겨진 한 사람이 숨을 거두었다. 남매를 둔, 서른다섯 살 젊은 엄마였다. 사람이 다치고 죽었고 아무도 책임지지 않았다. 대체 책임은 어디에 있었을까. 집주인들에게? 조합에게? 그 불을 놓았을 철거업체의 어린 직원에게? 그들에게 모든 책임을 물을 수 있을까. 아니라면, 그렇다고 책임이 없다고 할 수 있을까. 우리에게는? 나에게는?

　2015년, 드디어 S동도 재개발에 시동이 걸렸다. 몇 달 사이 뇌물 받고 구속된 조합장을 대신해 새 조합장이 선발되었고, 조합이 설립되었고, 이제 시공사 선정 절차에 들어간다고 한다. 시공사는 주민들이든 조합이든 한쪽이 결정할 일이고, 아파트는 그 시공사가 지을 일이고, 나는 실직했으니 아침마다 늦잠을 자면 된다. 방은 적당히 서늘했고, 이불은 적당히 포근했다. 나는 이불을 머리끝까지 뒤집어쓰고 한 방향으로 몸을 굴러 이불 속으로 폭 파묻혀 들어갔다. 자면서도 행복해 웃음이 나오려는데 엄마가 이불을 발끝까지 홀랑 벗겨내며 소리쳤다.

　"일어나, 투표하러 가자."

　투표? 집에서 놀다보니 선거날도 모르고 지나가나보다. 회사에 다니고 있었다면 쉬는 날이라고 한 달 전부터 좋아했겠지.

　"무슨 투표? 국회의원을 또 뽑나? 서울시장인가?"

　"그것보다 백배는 더 중요한 투표다. 아파트 뽑으러 가자. 무조건 1번 찍어."

　언젠가 국회의원 선거 때도 엄마는 '무조건'이라며 투표를 강요했다. 난 그런 엄마가 싫어서 다른 후보를 찍었는데 엄마가 무조건 밀어대던 그 후보가 국회의원이 되었다. 엄마는 자신이 마음만 먹으면 된다고 했다. 어쩌자고 아파트가 선거에 나왔는지는 모르겠지만 내가 몇 번을 찍든, 또 투표를 하든 말든, 1번 아파트가 될 것이다.

　"어느 회사에서 아파트 지을지 투표를 한단다, 글쎄. 대통령 뽑는 것처럼 우리가 투표해서 뽑으면 그 회사에서 공사를 하는 거지. 서로 자기네 뽑아달라고 난리래. 집에서 놀면 뭐하니 너도 가서 투표하자. 가면 먹을 것도 준대."

"다 큰 딸년 노는 거 창피하다고 집 밖에도 나가지 말라며. 그런 데를 왜 가자고 해?"

"다 커서 집 안에 있어도 어차피 보인다더라. 잔말 말고 따라나서."

살다 살다 아파트를 뽑으러 투표장에 가게 될 줄은 몰랐다. 그동안 두 번의 대통령 선거와 한 번의 국회의원 선거에 투표를 했다. 처음으로 대통령 선거를 할 기회가 왔을 때는 친구들과 여행을 갔다. 내가 그렇게 철이 없었다. 다음 대통령 선거 때는 투표했고, 국회의원 선거 때도 했다. 그 이후에 시장 선거, 보궐 선거, 교육감 선거가 몇 번 더 있었는데 투표하지 않고 그냥 갔다. 별로 중요하지 않은 것 같아서, 라고 말은 했지만 사실 이전 두 번의 선거에서 내가 찍은 사람이 당선되지 않았기 때문이다. 자신이 응원하는 팀은 꼭 진다고, 그래서 경기를 보지 않는다고 하는 스포츠팬의 마음을 알 것 같았다.

그러다 학창 시절부터 무척 존경해서 책도 사고 후원금도 보냈던, 몇 번의 낙선 끝에 정계은퇴를 선언했던, 전 국회의원이자 변호사를 티브이 뉴스에서 보았다. 대통령 선거를 앞둔 때였고, 그는 한 후보의 유세 현장에서 춤을 추고 있었다. 이제 머리가 꽤 하얘진, 이미 정치를 떠난, 한때 내가 존경했던 분이 다른 사람의 이름이 적힌 띠를 두르고, 피켓을 들고, 함박웃음을 지으며 신나게 춤을 추고 있는 모습을 보는데 기분이 이상했다. 포기하지 않고 있었구나……

두 번의 선거에서 내가 찍은 사람이 당선됐다 한들 대단한 사람도 아닌 내 인생이 크게 달라지지는 않았겠지만, 또 대단한 사람이 아닌 만큼 알게 모르게 달라졌을지도 모른다. 인생은 의외의 계기에 전환점을 맞는다. 상관도 없는 것들이 보이지 않는 연결고리를 가지고 있다. 브라질에 있는 나비의 날갯짓이 텍사스에 토네이도를 일으키고, 오른쪽 옆구리를 긁으면 왼쪽 팔꿈치가 찌릿찌릿한 것처럼. 그래서 나는 투표장에 갔고, 이번에도 내가 찍은 후보는 당선되지 않았다. 내가 뽑지 않은 새 대통령의 취임식 뉴스를 보면서 조금은 떨리는 기분으로 투표함에 넣었던, 이제 그냥 아무 의미 없는 종잇조각이 되어버린 내 투표지를 생각했다. 반으로 곱게 접혀 팔랑팔랑 날아가는 모습을 상상했다. 그 날갯짓이 불러올 토네이도를 기다렸다.

아파트 투표장에 가기로 했다. 결국 내가 살지 못할 아파트지만 지금 내 한 표가 돌고 돌아 부메랑처럼 내게 날아올지도 모르기에. 꼭 엄마의 잔소리 때문은 아니다.

S아파트 후문에서 승합차가 기다리고 있었다. 반장 아줌마는 문 앞에 서서 빨리 오라고 손짓을 해댔고, 엄마는 연신 잠깐만, 잠깐만을 외치며 내 손을 잡아끌었다. 9인승 승합차에는 이미 한 명의 운전자와 여덟 명의 아줌마가 타고 있었다. 과연 저 차에 우리가 더 탈 수 있을지 생각할 겨를도 없었다.

"아가씨는 날씬하니까!"

반장 아줌마는 얼마 안 가니까 괜찮다며 이미 운전자 외에도 두 명이 앉아 있는 앞자리에 나를 욱여넣었다. 나는 어떻게 거부할 틈도 없이 밀려들어갔다. 할머니 한 명이 팔걸이나 다름없는 중앙 점프시트에 앉아 있었고, 내가 이제까지 육안으로 본 사람 중에 가장 마른 아줌마 하나가 조수석에 앉아 있었다. 할머니가 그 좁은 점프시트에서 움찔움찔했고, 아줌마는 최대한 왼쪽으로 엉덩이를 붙여 내 자리를 마련해주었다. 짧은 순간 우리는 어색하게 눈인사를 나누고 시트 하나에 함께 앉았다.

"이제 출발합시다!"

엄마를 가장 뒷좌석으로 밀어넣은 후, 반장 아줌마도 끙끙거리며 차에 올랐다. 힘겹게 차 문을 닫더니 안내양처럼 차 유리를 두 번 통통 두드리며 출발을 재촉했다. 아무 말 없이 우리를 지켜보기만 하던 기사는 헛기침을 한 번 하고 시동을 걸었다. 그리고 앞좌석을 향해 무심히 말했다.

"벨트 하세요."

이런 젠장. 나와 아줌마는 엉거주춤 벨트까지 함께 해야 했다. 우리는 벨트에 같이 묶여 샴쌍둥이처럼 붙어 있었다. 망할 반장 아줌마의 '얼마 안 가니까'라는 말은 새빨간 거짓말이었다. 막히지도 않는 도로를 십오 분 넘게 달렸다. 열다섯 시간쯤 달리는 기분이었다.

승합차가 멈춘 곳은 교회 앞이었다. 조합 사무실이 좁고, 마땅한 장소가 없어서 교회를 빌렸단다. 좀 멀긴 하지만 나도 몇 번 와본 적이 있는 교회다. 아주 어렸을 때 선물을 준다고 해서 같은 반 친구를 따라왔다가 달랑 사탕 두 알을 받았고, 고등학교 때 진짜 괜찮은 오빠가 있다고 해서 역시 같은 반 친구를 따라왔다가 와, 절교할 뻔했다.

그래도 교회에 대한 인상은 좋았다. 신자가 그리 많지 않은 작은 교회. 으리으리한 건물 올리지 않고, 온 세상 천둥번개 다 빨아들일 듯 커다란 십자가 세우지 않고, 붉은 벽돌로 차분차분 지었다. 근처 사는 사람들이 걸어서 다니기 때문에 주일이라고 교통체증 일으키거나 도로를 주차장 만드는 일도 없다. 지긋하신 목사님은 교회를 키울 욕심도, 헌금으로 새 건물 지을 마음도 없다고 하셨다. 그저 가난한 동네 사람들 마음만은 굶주리지 않게 하고 싶다던 목사님. 크리스마스에는 창문마다 반짝이 전구를 달아 지나가는 사람들 마음을 따뜻하게 해주시던 목사님. 그런데 어쩌자고 이런 일을…… 아, 주여!

차 문이 열리고 용수철이 튀어나가듯 우리는 차에서 탄력 있게 내팽개쳐졌다. 내리자마자 '50미터 인근 시공사 관계자 접근 금지' 현수막이 멋쩍게 펄럭이는 아래로 유니폼을 입은 젊은 아가씨들이 좀비처럼 달려들었다. 주민보다 건설사의 도우미들이 더 많은 것 같았다. 가짜 털이 모자 주변으로 무성하게 달린 두툼한 파카와 어울리지 않게 무릎 위로 올라오는 짧은 회색 스커트를 입고 머리는 스튜어디스처럼 하나로 단정하게 묶은 도우미들은 모두 같은 사람처럼 보였다. 립스틱 색깔까지 똑같이 새빨갰다.

승합차에서 교회까지, 도보 삼 분도 안 되는 그 짧은 길을 도저히 똑바로 걸어갈 수 없을 정도로 여기저기서 붙들고 밀고 난리였다. 비슷한 사람이, 비슷한 목소리로, 비슷한 얘기를 사방에서 해댔다.

"어머, 어머니! 오느라 고생하셨어요."

"어머니, 이따 봐요! 아시죠?"

"어머니, 1번! 1번!"

도우미들은 한 사람, 한 사람의 팔짱을 끼면서 연신 '어머니'를 외쳐댔다. 내 팔짱을 낀 도우미에게서 청량한 화장품 향기가 났다. 나는 그

팔짱을 떼어내며 기어들어가는 목소리로 말했다.

"저 어머니 아닌데……"

요즘 자꾸 아줌마도 아니고 어머니 소리를 듣는다. 가끔 백화점 판매원들이나 택시 기사들은 사모님이라고도 부른다. 사모님 정말 아가씨 같으세요, 같은 말은 도대체 어떻게 받아들여야 할지. 물론 내가 충분히 그렇게 불릴 만한 나이라는 건 알지만 사실 어머니라든가 사모님 같은 호칭은 나이와는 상관이 없다. 그건 관계를 기본으로 만들어진 말들이다. 누군가의 어머니이고 아내라는 뜻. 나이 먹는다고 다 자식 있고 남편 있으라는 법도 없고, 있다 해도 자식이나 남편과 상관없이 그냥 그 사람에 대한 호칭으로 불러야 하는 거 아닌가. 나이 든 남자들은 형님, 선생님, 사장님, 이런 식으로 부르던데.

반장 아줌마는 다시 한 번 자신이 실어나른 동네 아줌마들 손을 잡으며 손바닥에 계속 1자를 그리고 눈을 찡긋찡긋했다.

"알지? 응? 응? 잘하고 와!"

한 손은 검지를 높이 치켜들면서 흔들고, 한 손은 휴대전화 버튼을 누르느라 바빴다. 정말 반장은 아무나 하는 게 아니다. 단 한 사람도 예외 없이 바쁘고 정신없는 와중에 싸움도 났다. 이미 한 건설사의 도우미가 붙은 아저씨에게 다른 회사의 도우미가 또 달라붙었고, 거기에 중년의 남자 직원들까지 가세했다.

"정정당당하게 합시다, 이거!"

"남의 조합원 뺏어간 게 누군데?"

"남의 조합원이라니? 남의 조합원이라니? 이분이 어떻게 댁들 조합원이요?"

목소리가 점점 커지더니 나중에는 험한 욕설까지 오고갔다. 그 와중에도 도우미들은 양쪽에서 아저씨의 팔짱을 끼고 놓아주질 않았다. 정작 붙들린 아저씨는 젊은 아가씨들 사이에서 이리저리 떠밀리며 싱글벙글하고 있었다. 하여간 남자들이란.

건설사 직원들과 주민들과 조합 관계자들이 뒤엉켜 교회 앞은 말 그대로 난리법석이었다. 경찰 순찰차가 사이렌을 울리면서 몇 번을 지나갔다.

"어이, 거기 아저씨! 인도로 올라가란 말이야! 이 사람들이 큰일 나려고 말이야! 지금 주민들이 신고하고 난리야. 이런 식으로 하면 다 현행범으로 연행하는 수밖에 없어!"

말도 안 되는 협박과 기분 나쁜 반말이었지만 사람들은 또 순순히 인도로 올라가고, 목소리를 낮추었다. 물론 그것도 잠시였다. 순찰차가 떠나고 난 뒤, 교회 앞은 다시 아비규환으로 변했다.

정식 총회는 아니고, 그러니까 총회에 오지 못할 사람들을 대상으로 하는 사전 부재자 투표라고 했다.

"우리 총회날 바빠? 둘 다 하는 일도 없는데 웬 부재자 투표야?"

내 말에 엄마는 내 귀에 입을 바짝 갖다대고 살짝 벌린 입술은 들썩도 하지 않은 채 능숙하게 복화술을 구현했다.

"그냥 오늘 해. 그래야 떨어지는 게 있드아."

엄마와 나란히 앉아 삼십 분쯤 기다린 것 같다. 각 건설사에서 홍보 동영상을 보여주며 간단하게 선거유세 하는 시간을 가졌다. 교회에는 작은 브라운관 티브이밖에 없어 벽에 전지를 붙여 스크린을 대신했다. 커튼을 쳐서 실내를 어둡게 하고, 빔프로젝터로 벽에 동영상을 쏘았다.

홍보 동영상은 예상했던 것보다 훌륭했다. 화질도 좋고, 영상미도 있고, 배경음악으로 깔린 올드팝도 들을 만했다. 물론 내용은 아주 어이가 없었다. 지금의 우리 동네는 조금도 등장하지 않는, 컴퓨터그래픽으로 만든 가상의 S동 영상을 배경으로 웅장한 목소리의 성우가 회사의 비전이랄까 철학 같은 걸 애써 어려운 단어와 긴 문장으로 말했다. 그 부분은 어차피 다 비슷비슷하기도 했고, 회사의 비전은 자기네들끼리 할 얘기지 우리와 상관이 없기도 해서 새겨듣지 않았다. 그 뒷부분이 핵심이었는데 상대 건설사가 그동안 얼마나 많은 재건축과 재개발 사업에서 불미스러운 일들을 저질렀는지, 어떤 방식으로 공사비를 부풀리고 약속을 어기고 조합원들을 등쳐먹었는지 폭로하는 내용이었다.

첫 번째 영상을 봤을 때는 충격적이기도 하고 조금 배신감이 느껴지기도 했는데, 비슷한 내용을 세 번 보고 나니 아, 그렇구나, 같이 죽자는 거구나, 하고 덤덤히 고개를 끄덕일 수 있었다. 동영상이 나오는 동안 야유와 박수 소리가 끊이지 않았다. 건설사 직원들뿐 아니라 조합원들도 이미 패가 갈려 있었다.

최후 발언은 각 건설사별로 일 분씩 주어졌고, 진행을 맡은 조합장은 일 분이 지나면 마이크를 꺼버리겠다고 했다. 첫 번째 건설사는 일 분 안에 발언을 마쳤고, 두 번째 건설사는 일 분을 넘겨 말이 끊겼다. 세 번째 건설사는 일 분을 넘겨 마이크가 꺼지자 고래고래 소리치며 준비한 말을 계속 이어갔고 다른 건설사에서 야유를 보내고 급기야 입을 틀어막았다.

드디어 투표가 시작되는데, 주택 소유자인 조합원만 표를 행사할 수 있었다. 그러니까 한 집당 한 표라는 것이다. 엄마는 괜히 동네 창피하게 괜히 나까지 데려왔다며, 자다가 끌려나온 나를 이유 없이 나무랐다. 그러더니 언제 빼돌린 건지 아버지의 신분증을 건네며 1번 잘 찍고 오라고 했다.

"엄마, 나 믿어? 내가 1번 안 찍으면 어쩌려고?"

"헛소리하지 마. 넌 1번 찍게 돼 있어."

나는 허리 높이의 책상에 팔꿈치를 기대고 홀린 듯 1번을 찍었다. 엄마는 참 용하기도 하지. 빨간 잉크가 투표용지에 선명하게 찍혔다. 코팅이 되지 않은 거친 종이. 투명한 유리컵에 얹어놓은 고구마의 뿌리가 자라나듯 잉크가 서서히 번져나갔다. 나는 넋을 잃고 그 모습을 지켜보고 있었다. 그런데 내가 지금 여기서 뭐하는 거지. 문득 참담했다. 아, 내 인생. 그때 뒤에서 누군가가 내 엉덩이를 툭툭 쳤다.

"뭐야, 전세 냈나봐. 얼른 좀 나와요! 뒷사람 기다리는데!"

입까지 벌리고 멍하니 있다가 정신이 번쩍 들었다. 잉크가 반대편에 찍히지 않도록 투표용지를 살살 접어 들고 기표소를 나왔다. 멋쩍어 고개를 숙이는데, 어딘가 낯익은 엄마 또래의 아줌마가 쩌렁쩌렁 말했다.

"젊은 아가씨가 다 왔네? 뭐 대단한 거 한다고 이렇게 오래 걸렸어? 대통령 투표라도 하는 줄 알았나봐?"

사람들이 모두 고개를 빼고 내 쪽을 쳐다봤다. 몇몇은 피식 웃기도 했다. 개망신. 엄마의 얼굴이 붉게 달아올라 있었다. 아랫입술을 깨물며 순간 나를 찡긋 노려보더니, 곧 모르는 사람인 척 어색하게 주위를 둘러보며 과장되게 웃었다. 그러게, 웃기는 아가씨네, 라는 표정. 엄마 설마, 설마, 내가 창피한 거야?

고등학교 때 엄마는 딱 두 번 학교에 왔다. 대입 원서 쓰던 날과 신입

생 학부모 총회날. 입학한 지 며칠 되지 않은 어느 금요일, 강당에서 전체 학부모 회의를 하고 각 반별로 모여 담임과 대화 시간을 가진다고 했다. 우리 학교만의 전통이랬다. 나는 별 유난한 전통이 다 있네, 하며 낯선 길은 잘 못 찾는 엄마를 강당에 들여보내놓고 교실로 돌아왔다. 그리고 한참 수학 수업을 듣고 있는데 뜬금없이 음악 선생님이 교실 문을 두드렸다.

"고마니가 누구니?"

아, 불길하다. 그냥 모른 척하고 싶었는데 수학 선생님이 한 번 더 물었다. 나는 조용히 손을 들었고, 음악 선생님은 나오라는 손짓을 했다. 나보다 반 발짝 앞서 복도를 걷던 음악 선생님이 발걸음을 늦추고 나를 돌아보며 무척 조심스럽게 말했다.

"어머님이, 몸이, 좀 안 좋으신가봐. 너를 찾으셔."

엄마는 강당 구석에서 울고 있었다. 담임들은 이미 교무실로 돌아갔고, 학부모들만 둥그렇게 반별로 모여앉아 우리를 흘끔거렸다. 나는 일단 엄마를 데리고 강당에서 나왔다.

"괜찮아?"

엄마는 진정하려 애쓰며 천천히 고개를 끄덕였다.

"저 아줌마들은 왜 안 가고 계속 저러고 있어?"

내 물음에 엄마가 다시 울먹였다.

"돈 걷고 있어."

"돈? 무슨 돈?"

"교실에 사다놓을 것도 있고, 담임 줄 것도 있고, 회비도 필요하다면서 갑자기 돈을 걷는데 다들 지갑에서 척척 꺼내더라고. 근데 나는, 돈이 하나도 없었어."

거지 같은 전통의 실체가 이런 거였구나. 아, 엄마, 없으면 그냥 안 내면 되잖아. 다음 날 전교에 소문이 쫙 퍼졌다. 우리 반 어떤 엄마가 총회하는데 갑자기 막 울었대. 정말? 왜? 우리 엄마 말로는, 아줌마가 좀 모자라 보이긴 했대. 혹시 그거 마니 엄마 아니야? 나는 못 들은 척 엎드려 잠을 잤다. 아침에는 멀쩡한 얼굴로 등교했는데, 종일 엎드려 잤더니 하교 때는 얼굴이 퉁퉁 부었다.

우리 학교는 엄마들이 돌아가면서 자율학습 감독을 했는데, 나는 담임에게 엄마의 건강이 안 좋으시니 일정표에서 빼달라고 했다. 담임은 어디가 아프신지 묻지도 않고 걱정도 않고 순순히 부탁을 들어주었다. 담임도 사실 알고 있었겠지만 엄마는 무척 건강했고, 그때 나는 엄마가 창피했다. 엄마를 창피해하던 열일곱 소녀는 대략 이십 년 후 엄마가 창피해하는 처녀로 자랐다. 아, 인생무상.

그 대단치 않은 거 아줌마도 하러 온 거잖아요, 라고 말하지 못했다. 늘 그렇다. 그 자리에서는 입이 달라붙었다가 밤에 자려고 누우면 하지 못했던 말들이 머릿속을 떠다녔다. 오늘 밤에도 몇 번이나 이불을 걷어차겠지. 나는 말없이 자리를 피했다. 참담했다. 그리고 정말 참담한 것은 이번에도 내가 찍은 1번 아파트가 고배를 마셨다는 사실이다. 사전부재자 투표에서는 1번이 절반 이상의 표를 얻었지만, 총회에서는 2번이 압도적이었다.

"그럴 리가 없어! 이게 말이 되는 일이야? 어떻게 1번이 안 될 수가 있어? 마니도 반장도 황씨도 1번 찍었다고. 성미네도 겸이네도 그날 봉고차에 있던 사람들 다 1번 찍었다고. 이 인간들이 수작 부린 게 분명

해. 처음부터 조합장이 수상했어. 멀쩡한 직장까지 그만두고 왜 조합장 하겠다고 나섰겠어? 직장 다니는 것보다 나으니까 하는 거 아니겠어? 뒤로 다 꿍꿍이가 있었네. 도대체 얼마나 해먹었을까?"

투표 결과를 두고 엄마는 몇 날 며칠 열을 냈다. 분을 삭이지 못하고 밥 먹다가도, 자다가도, 청소하다가도 갑자기 화를 냈다. 왜 그렇게 1번 건설사를 적극 지지하는 거냐고 물었더니 엄마는 머뭇거리다 목소리를 낮춰 말했다.

"백화점상품권을 주더라고."

"뭐? 엄마 미쳤어? 그거 뇌물이야. 뇌물수수죄로 콩밥 먹고 싶어?"

"누가 받았대? 안 받았어! 안 받았다고! 다른 데서 주는 상품권도 다 안 받고 돌려줬어!"

"다들 상품권 돌린 거야? 근데 엄만 왜 거기만 그렇게 좋아해? 더 많이 줬어?"

"금액은 다 똑같았는데, 딴 덴 글쎄, 온누리상품권을 주잖아. 우리는 시장만 가라는 거야 뭐야. 백화점에서 옷 한 벌 사본 적 없지만, 그래도 백화점상품권 준다니까 좋았어. 대접받는 거 같고."

나는 백화점에서 종종 옷이나 가방을 산다. 요즘은 저렴한 스파 브랜드 매장도 많고, 세일할 때 잘만 고르면 인터넷 쇼핑몰 가격과 비슷하게 괜찮은 상품들을 살 수 있다. 백화점이라고 엄청 대단하고 비싼 것만 파는 건 아닌데. 내려다보니 엄마는 청바지를 입고 있었다. 아줌마 옷 같지 않게 밑위도 짧은 편이고, 핏도 깔끔했고, 무엇보다 화려한 반짝이나 구슬 장식 같은 게 없어서 보기 좋았다. 바래고 해지기는 했지만 자연스러운 멋이 있었다.

"엄마, 청바지 예쁘다."

내 뜬금없는 칭찬에 엄마는 황당한 표정으로 나를 한참 보더니 검지 끝으로 미간을 톡 밀치며 말했다.

"니가 사다놓고 안 입은 옷이잖아. 아까워서 내가 갖다 입었다! 예쁜데 왜 안 입냐? 왜 안 입어?"

아. 그제야 생각났다. 백화점 행사장에서 싼 맛에 샀는데 집에 와서 입어보니 색이 진한 것도 아니고 흐린 것도 아닌 게 좀 촌스럽게 느껴져서 입지 않고 처박아뒀다. 이렇게 보니 괜찮은데?

"엄마, 그거 백화점에서 산 거야. 백화점 옷 있었네, 뭐."

"백화점 옷 입혀줘서 고오맙다!"

아파트 투표를 했던 날, 봉고차는 투표를 마친 우리를 한 식당 앞에 떨어뜨렸고, 모두 삼계탕을 한 뚝배기씩 먹었다. 들깻가루를 듬뿍 넣어 걸쭉하게 끓인 삼계탕이었다. 닭은 어이없게 작았지만 국물을 다 마셨더니 배가 엄청 불렀다. 엄마는 반장 아줌마가 사는 거라고 했지만, 사실 나는 그 돈이 어디서 나왔는지 알 것 같았다. 알면서 잘 먹었다. 나는 엄마를 탓할 자격이 없다.

언제나처럼 늦잠을 자고 있는데 방문을 여닫는 소리가 시끄럽게 들려왔다. 나는 힘겹게 몸을 일으켜 방문을 열었다. 엄마가 집 안 구석구석을 들쑤시면서 뭐라고 혼잣말을 하고 있다.

"아, 이 인간은 대체 어디에 둔 거야?"

엄마는 안방 장롱부터 화장대, 아버지의 작은 서랍장과 싱크대 서랍까지 하나하나 열어 뒤적거리고 있었다.

"시끄럽게 뭐해?"

엄마는 대꾸도 않고 신발장 속의 신발까지 꺼내 보았다.

"대체 뭘 찾느냐고!"

이번에도 답하지 않았다. 대답을 하지 않는 것이 아니라 하지 못하는 게 아닐까. 엄마가 사고를 칠지도 모른다!

"뭐 찾느냐고? 왜 대답 못 해?"

"내가 무슨 대답을 못 해? 아버지 인감 찾는다. 안 그래도 정신 사나우니까 넌 들어가 잠이나 자!"

인감? 세상에 바깥으로 내돌려서는 안 되는 것이 두 가지 있다. 사기그릇과 인감. 사기그릇을 내돌리면 금이 가고, 인감을 내돌리면 패가망신한다. 그 인감을 엄마가 찾고 있다. 패가망신의 신호탄.

"미쳤어? 인감을 어디에 쓰려고 그래?"

"미치긴 누가 미쳐? 넌 왜 엄마가 하는 일마다 못 미더워 그러냐? 내가 너보다 살아도 이십 년은 더 살았고, 고생을 해도 이십 배는 더 했어. 세상을 알아도 내가 더 알아. 늬 아부지랑 너는 하여간……"

아파트 문제겠지. 그놈의 아파트에 관한 일이라면 엄마를 막지 못한다. 제발 엄마가 인감을 찾지 못하길, 못하길, 못하길, 빌고 또 빌었지만 빌어먹게도 엄마는 끈기와 집중력으로 인감을 찾아내고 말았다. 인감 도장은 아버지의 통장 지갑에 들어 있었다.

"이 인간은 내가 그렇게 통장이랑 도장이랑 같이 두지 말라니까. 아주 대문에 열쇠 붙여놓고, 도둑님 여기 털어가쇼, 하고 있네."

엄마는 도장 뚜껑을 열어 아버지 이름이 잘 새겨져 있는지 확인하고, 입김을 허허 불더니 두루마리 휴지에 꾹 찍어보았다. 그러고는 만족스러운 듯 그 휴지로 도장을 돌돌 말아 가방에 챙겨 넣었다. 엄마는 정말 도장 찍는 일 자체를 좋아하는 것 같다. 혹시 도장 페티시라는 것도 있나.

"엄마, 정말 뭐하려고 그래?"

"조합에서 동의서 내래. 공사 얼른 시작하라는, 다 지으면 그 아파트 들어가 살겠다는 동의서. 그 동의서를 다 받아야 공사가 빨리 시작된다잖아."

"엄마, 잠깐만. 나도 같이 가!"

"됐어! 넌 취직이나 신경 써. 왜 어린애처럼 엄마를 따라다니려고 해? 집 비우지 마!"

엄마는 내가 입던 얇은 외투만 하나 걸치고 대문을 나섰다. 내가 못 쫓아오게 밖에서 문을 걸어 잠그기라도 할 기세였다.

내가 어렸을 때, 보육 여건은 지금보다 더 열악했고 아이들만 집에 두고 일하러 가는 젊은 부모들이 드물지 않았었다. 단칸방에는 부실한 끼니와 요강과 회색 화면만 나오는 텔레비전뿐. 자도 자도 엄마 아빠는 오지 않았고, 심심해진 아이들은 성냥을 그으며 놀았다. 밖에서 잠긴 문. 아무리 밀치고 두드려도 열리지 않는 문. 그 안에서 까맣게 타버렸던 아이들. 잊을 만하면 그런 뉴스가 나왔다.

우리 문간방에 세 들어 살던 새댁 아줌마도 아기를 낳고 한 달 만에 다시 공장에 나가야 한다고 했다. 아줌마는 아기라서 계속 잠만 잔다며 세 시간에 한 번씩 아기 입에 분유병만 꽂아달라고 엄마에게 부탁했다.

"기저귀 접어서 옆에 받쳐놓으면 꼭 안 잡아줘도 혼자 잘 먹더라고요. 제가 분유는 다 타놓고 나갈게요."

엄마는 단번에 거절했다. 공장을 그만두든 아기 봐줄 사람을 구하든

둘 중 하나로 결정하라고 했다. 말은 그렇게 매몰차게 해놓고 엄마는 하루 종일 사골을 끓여서는 커다란 솥을 끙끙 끌고 문간방에 갖다주었다. 새댁 아줌마는 솥단지 앞에 주저앉아 엉엉 울었다고 한다. 아버지가 그렇게 마음이 쓰이면 아기를 봐주지 그러냐고 하자 엄마는 한숨을 쉬며 고개를 저었다.

"종일 서서 하는 일이라던데. 몸 푼 지 얼마나 됐다고. 그러다 새댁 몸 다 망가져."

아줌마는 공장을 포기하고 아기를 돌보았다. 그러다 아기가 아장아장 걸을 즈음이 돼서야 다시 공장에 나갔다. 속옷 공장이라고 했다. 아줌마가 공장에 가 있는 동안 아기는 거의 우리 집에 와서 나와 놀았는데, 엄마가 아기 밥도 먹이고 낮잠도 재우고 목욕도 시켰다. 아줌마는 공장에서 얻었다며 까맣고 매끈하고 레이스가 화려한 팬티나 브래지어, 잠옷 같은 것을 자꾸 엄마에게 주었다. 엄마가 아슬아슬하게 어깨끈으로만 연결된 잠옷을 입고 돌아다니면 아버지는 아주 기겁했다.

내가 초등학교에 입학하던 봄, 아줌마네 세 식구는 방이 두 칸인 집으로 이사했고 문간방은 내 방이 되었다. 그 후로도 나는 밖에서 문이 잠긴 아이들의 뉴스를 볼 때마다 그 아기를 생각했다. 방긋방긋 잘 웃고, 잘 자고, 주는 대로 넙죽넙죽 잘 받아먹던 순한 아기. 부부는 아기 돌봐줄 사람을 찾았을까. 밖에서 문을 잠그고 출근하진 않았을까.

아무래도 안 되지 싶었다. 나 역시 조끼 하나만 껴입고 운동화 뒤축을 꺾어 신은 채로 집을 나섰다. 대문을 잠그지도 않았다. 정말 우리 식구들은 도둑님, 여기 털어가쇼, 하고 산다. 다행인지 불행인지 도둑은 한 번도 들지 않았다. 하긴, 내가 도둑이었어도……

조합 사무실에 처음 가봤다. 막연히 복덕방 같은 곳이 아닐까 생각했었다. 지나가던 주민 아무나 일없이 들러 낡은 소파에 앉아 커피도 마시고, 바둑도 두는 동네 사랑방. 그런데 내가 일하던 사무실과 비슷했다.

공간이 크게 셋인데, 출입문 바로 앞의 개방된 공간에는 접이식 의자가 열 개씩 다섯 줄 놓였고, 의자가 바라보는 방향에는 커다란 화이트보드와 모니터가 있어 강의실 같은 분위기였다. 안쪽에는 가벽으로 나뉜 방이 두 개인데, 더 큰 방에는 큼직한 책상 두 개가 창을 등지고 있고, 작은 방에는 조금 더 작은 책상들이 파티션을 가운데 두고 네 개가 마주 보고 있다. 스무 살을 갓 넘긴 것 같은 어린 직원 한 사람만 출입구 가장 가까운 책상에 앉아 있었다. 총무를 보는 사무실 막내 여직원일 것이다. 책상 위에는 컴퓨터와 전화기, 서류철, 생수병을 꽂는 미니 가습기, 반짝이는 핑크빛 립글로스가 찍힌 종이컵. 정면의 파란 패브릭 파티션에는 이런저런 메모지들이 핀으로 꽂혀 있다. 내 자리도 저랬지. 미스 송 자리도 저랬고. 세상 모든 막내 여직원들의 자리 배치에는 어떤 법칙이라도 있는 걸까.

벽 달력에는 날짜마다 일정이 빼곡하게 쓰여 있었다. 매일 건설사 미팅이 있고, 서울시와 구청 등 각종 관공서, 지역구 의원과의 미팅도 하루건너 하루마다 있다. 주민회의도 여러 차례 계획되어 있다. 말일에는 빨간 글씨로 '동의서 마감'이라고 쓰여 있고 L, S, M 같은 영어 이니셜도 많이 적혀 있다. 암호. 자기편이 아닌 사람들은 알 수 없는 특별한 표시. 꿍꿍이가 있다는 뜻이다. 암튼 찜찜했다.

반대편 벽에는 아주 커다란 서울시 지도와 S동 지도가 붙어 있었다. 서울 지도는 여러 구역으로 나뉘어 갖가지 색이 칠해졌고, S동 지도는 번지수 하나하나마다 파란색과 빨간색, 초록색, 노란색을 칠해놓았다. 어떤 집은 여러 번 덧칠도 했다. 서울은 개발할 땅과 개발되고 있는 땅과 개발된 땅으로 조각조각 갈라졌고, 함께 어울려 살던 이웃들은 몇 무리로 구분지어졌다. 잘살아보겠다고 다들 몸부림치는데, 분명 모두 다 잘살아지지는 않을 것이다. 이렇게 몸부림쳤는데 잘살게 되지 못하면 어떡해야 할까. 다른 사람들만 잘살게 되는 모습은 또 어떻게 볼까.

내가 대놓고 사무실을 두리번거리자 여직원이 먼저 물었다.

"무슨 일이세요?"

"그게…… 사람을 좀 찾으러 왔는데. 동의서 쓴다고 오십 대 후반 아주머니 한 분 안 오셨나요? 키는 저보다 조금 작고 머리 보글보글하게 파마한."

말하고 보니 정말 도움 안 되는 인상착의 설명이다. 내가 아는 오십 대 후반의 모든 동네 아주머니는 나보다 조금 키가 작고 보글보글한 파마머리를 하고 있다.

"글쎄요. 제가 아까 아홉 시에 출근했는데, 출근한 이후로 아직 한 분도 안 오셨거든요."

"근데 무슨 동의서인가요?"

"사업 일정이랑, 뭐, 보상 방법이랑 이런 거…… 조합에 동의한다는, 뭐……"

"보상 방법이 벌써 결정됐어요?"

"아니요. 이제 막 시공사가 정해졌으니까 앞으로 합의해갈 건데, 그때 조합에 동의한다는 그런 거…… 위임, 뭐, 그런 거라고 해야 하나……"

여직원은 얼버무리며 자리를 피했다. 조합이 어떻게 결정할지 알고 미리 동의를 해? 나는 의문을 품은 채 너털너털 운동화 뒤축을 끌면서 집으로 돌아왔다.

엄마는 그때까지도 집에 오지 않았다. 나는 그다지 유명하지 않은 연예인과 그 가족들의 평범한 일상을 굳이 소개하는 티브이 프로그램을 보며, 유통기한이 지난 식빵을 뜯어 먹었다. 근래에 다른 어떤 프로그램에서도 본 적 없는 연예인인데 어떻게 돈을 벌었는지 엄청 으리으리한 집에 살고 있었다. 저 집도 재개발했나 생각하며 손에 식빵을 쥔 채 깜빡 잠이 들었다가 요란한 웃음소리에 깼다. 언제 들어왔는지 엄마가 옆에 앉아 티브이를 보며 깔깔 웃고 있었다. 아무 말 없는 걸로 봐서는 내가 찾아갔었다는 사실을 모르는 것 같았다.

"동의서는 썼고?"

"썼지."

그러고는 혼잣말처럼 낮게 중얼거렸다.

"떼오라는 서류는 뭐가 그렇게 많은지."

아차. 주민센터나 구청 같은 곳을 왔다갔다하느라 길이 엇갈렸던 모양이다. 엄마는 조합에 뭔지는 모르지만 서류도 떼주고, 인감도장도 팡팡 찍어주고 왔다. 아, 이런 도장 페티시. 엄마가 찍은 도장에 법적인 효력이 있을까. 어떤 결정적인 순간에 우리의 발목을 붙잡지는 않을까. 나 혼자 이 상황을 어디서부터 어떻게 수습해야 할지 엄두가 나지 않는 와중에 아버지가 생각났다.

늘 무표정한 얼굴로 집안이 어떻게 돌아가거나 말거나 수수방관만 하는 아버지. 내가 직장생활을 시작한 이후로 한 번도 나보다 수입이 많았던 적이 없는 아버지. 잠이 많아진 아버지. 팔다리에 살이 빠지고 배가 나오기 시작한 아버지. 그래도 아버지라고 이런 순간 아버지가 떠오르는구나. 나는 조용히 내 방으로 건너와 아버지에게 전화를 걸었다.

"큰일 났어요, 아부지. 엄마가 조합에 무슨 서류를 떼다줬대요. 뭔지는 모르지만 동의서에 도장도 찍어주고요. 아침에 아버지 인감 들고 나갔다 오셨어요."

뚝. 아버지는 대답도 없이 전화를 끊었다. 내 말을 듣기는 들었나? 다시 전화를 걸었지만 아버지는 받지 않았다. 불안한 일이 또 하나 생겼다. 결론적으로 내가 아버지에게 일렀다는, 유치한 표현이지만 다른 적당한 표현이 생각나지 않는다, 사실. 엄마가 알면 난리가 날 텐데.

나는 두 개의 시한폭탄을 가슴에 안고 이불 속으로 다시 들어갔다. 잠은 또 왜 이렇게 쏟아져. 아, 한심한 인생.

나는 언제부터 이렇게 무기력해졌을까. 대학을 졸업하고 제대로 된 직장을 잡지 못해 전전긍긍하면서 꽤 심각한 우울증을 앓았는데, 이후에도 후유증인 듯 한 번씩 우울감이 밀려왔다. 그래도 건설회사에서 성실하게 장기근속하며 자신감을 많이 회복했다. 오래도록 입사와 퇴사를 반복하는 대학 동기들을 보며 약간의 우월감을 느끼기도 했다.

친구들은 공무원 시험을 준비했고, 교대에 가겠다며 수능 공부를 다시 시작했고, 카페를 차린다며 바리스타 학원에 다니기도 했다. 전세보증금 빼서 기약 없는 유럽여행을 떠난 친구도 있었다. 하지만 다들 공무원 시험에 실패했고, 수능을 망쳤고, 카페를 말아먹었다. 유일하게 성과랄까 소득이랄까 그런 게 있었던 건 유럽여행을 떠난 친구다. 벨기에의 어느 소도시에서 프랑스 유학 중인 중국인 갑부를 만나 결혼한 것이다.

봄인데도 바람은 찼고, 거리는 스산했고, 볼 거라고는 풍차밖에 없어서, 친구는 어깨를 잔뜩 움츠린 채 존나 추워, 존나 추워, 라고 중얼거리고 있었다고 한다. 그때 지금의 남편이 다가와 스미마셍? 했고, 친구는, 내가 혼또니 춥다고. 비켜요. 스미마셍, 이라고 되는 대로 답했다. 남자가 이번에는 불어에 영어와 일본어 단어를 섞어 말했는데 친구는 알아듣지 못했다. 나중에야 알았는데 그때 남자는, 그 말이 무슨 뜻이냐, 목소리가 참 귀엽다, 고 했단다. 아무튼 그게 인연이 되어서 어찌어찌 결혼까지 했고, 지금은 상하이에 살고 있다. 오랜만에 친구들이 모두 모였을 때, 상하이 사모님은 무조건 떠나라고 말했다.

"떠나! 다 버리고 떠나! 그래야 새로운 기회가 생긴다니까. 여기 존나 이대로 있으면 너희 인생은 절대 달라지지 않아!"

우리 인생이 어때서? 결혼한 게 무슨 벼슬이야? 라고 생각만 했다. 다른 친구들도 나와 비슷한 생각을 하는 듯 얼굴이 굳을 대로 굳었고, 나는 조그맣게 대답했다.

"난 여권이 없어서……"

보잘것없는 회사에 진득하게 다니고 있는 내가 좀 우습게 느껴졌던 것 같다. 왜 성실하고도 부끄러웠을까. 그나마 그 회사에서도 잘리고 나니 진짜 벼랑 끝이다. 대단히 열심히 살지는 않았지만 그래도 게으르게 살지는 않았노라고 항변하고 싶다. 누구에게? 엄마에게, 아버지에게, 상하이 사모님이 된 친구에게, 그다지 대충 살지도 않았는데 인생이 대충대충 흘러가고 있는 벼랑 끝 동지들에게.

그날 나는 난생처음으로 파출소라는 곳에 가봤다. 아버지가 조합 사무실에서 난동을 부린 것이다. 전화를 받고 엄마와 나는 이번에도 얇은 코트와 조끼만 겨우 걸친 채 운동화 뒤축을 꺾어 신고 파출소로 달려갔다. 달리면서 내내 생각했다. 엄마한테 욕먹게 생겼다, 욕먹게 생겼다, 욕먹게 생겼다.

안 그래도 겁이 많은 엄마는 파출소에서 아버지를 보고는 하얗게 질렸다. 휘청하기에 손을 잡아 부축해주었는데, 차가운 손에서 땀이 뚝뚝 떨어졌다.

"마, 마니 아부지……"

엄마가 고개를 푹 숙이며 애절하게 불렀지만 아버지는 돌아보지 않았다. 대신 조합 점퍼를 입은 남자가 기다렸다는 듯 홱 돌아보며 반색했다.

"아주머니, 내가 아주머니한테 억지로 도장 받았어요? 순경 아저씨, 당사자 오셨으니까 저분한테 한번 물어보세요."

그러자 경찰은 떨떠름한 표정으로 말했다.

"저 순경 아니고 경장입니다."

그때 아버지가 뒤도 돌아보지 않고 순경 아닌 경장에게 말했다.

"경장 선생님, 저 여자 좀 고소하고 싶습니다."

엄마는 그대로 주저앉았다.

"마니 아부지, 이혼은 안 돼! 형사님, 저 이혼 못 해요, 저 사람 좀 말려주세요."

조합 사람이 우리 엄마가 자발적으로 도장을, 어디에 왜 찍었는지는 모르지만, 하여튼 도장을 찍었다고 주장하자, 경찰은 자신이 순경이 아닌 경장임을 강조했고, 아버지는 그 경장에게 엄마를 고소했으며, 엄마는 바로 그 경장에게 자신이 이혼당하지 않게 해달라고 도움을 청했다. 이게 과연 단일언어 단일민족의 대화가 맞을까. 하, 나랏말싸미 듕귁에 달아……

구석에서 이 모습을 지켜보던 파출소장이 나섰다. 인상이 좋았다. 훈화를 짧게 하고 운동장의 쓰레기를 직접 줍는 시골 분교 교장 선생님 같았다.

"자, 다들 진정하시고. 좁은 동네에서 이렇게 얼굴 붉혀서 되겠습니까? 어르신 얼른 사과하세요. 김 선생님도 폭행이니 강도미수니 그런 무시무시한 말씀 그만하시고요."

김 선생이라는 남자는 떨떠름한 표정으로 대답하지 않았고, 아버지는 엄마를 고소해달라고, 왜 직접 안 하고 자꾸 경찰에게 해달라는지 모르겠지만, 아무튼 경찰을 귀찮게 했고, 엄마는 이혼할 수 없다며 끝내 눈물을 보이고 말았다. 나는 일단 엄마부터 달랬다.

"엄마! 이혼은 고소하는 게 아니야! 이혼은 둘이 합의하거나 소송하는 거지. 아버지가 이혼하려고 고소를 하는 게 아니라구!"

"응? 그럼 마니 아부지는 나를 왜 고소해?"

아버지는 엄마 쪽을 돌아보지도 않고 대답했다.

"절도! 말도 없이 내 인감 훔쳐갔으니 도둑질이야. 그리고 저 여편네가 훔친 도장으로 나 몰래 찍은 거니까 그 서류도 다 무효라고. 당장 내놓으라고."

김 선생이 다시 물었다.

"아주머니, 대답해보시라고요! 제가 억지로 도장 받았어요, 아주머니가 직접 사무실까지 찾아와 찍었어요?"

"제가, 찍었어요."

엄마가 눈치도 없이 답하자, 김 선생은 두 손으로 무릎을 툭툭 털며 일어섰다.

"사무실 물건들도 망가졌고, 저도 좀 다쳤고, 무엇보다 우리 직원들이 많이 놀랐는데. 뭐, 소장님 말씀대로 좁은 동네 아닙니까. 오늘 일은 없었던 걸로 하고 전 이만 가보겠습니다. 아저씨가 아주머니를 고소하시든 이혼하시든 그건 두 분이 알아서 하시고, 저희는 아주머니 스스로 제출하신 동의서 가지고 지금처럼 합법 타당하게 일하겠습니다."

아버지는 두 주먹을 꼭 쥐고 부들부들 떨기만 할 뿐 아무 말 하지 않았다.

집에 오자마자 아버지는 신발도 벗지 않고 마루에 걸터앉아 엄마에게 물었다.

"무슨 서류 떼다줬어?"

엄마는 집 안으로 미처 다 들어오지도 못한 채 벌 서는 아이처럼 대문간에 서서 고개를 푹 숙이고 답했다.

"인감증명서."

"또?"

"위임장."

"또?"

"등기부등본. 그게 전부야."

아버지는 깊은 한숨을 내쉬었다. 조합에서는 왜 저런 서류들을 받는 걸까. 원래 재개발 절차가 이런가. 너무 모르고 있다는 생각이 들었다.

이렇게 아무것도 모른 채로 끌려다니다가는 이 자리에 세워진다는 아파트에 들어가 살지 못하는 것은 물론, 우리가 가진 것들에 대한 합당한 보상도 받지 못할 것 같다. 아버지는 다시 물었다.

"그 동의서가 무슨 동의선지는 알고?"

"조합에서 사업하는 내용에 동의한다고. 조합원들이 동의를 많이 해줘야 공사가 빨리빨리 진행된다고 그래서."

"그런 뜻만 있는 건 아니다. 괜히 오도가도 못하고 발목 잡히는 수가 있어. 갖다바친 거 싹 다 찾아갖고 와."

"찾아오면, 나랑 이혼 안 할 거야?"

아버지는 한참 동안이나 말없이 엄마를 빤히 보다가 대답했다.

"내가 너랑 이혼을 왜 하나?"

뭐지, 이 오글거리는 대답은? 나는 기겁해서 하마터면 비명을 지를 뻔했는데, 엄마는 고개를 푹 숙인 그대로 흐느끼기 시작했다. 아버지는 그런 어머니의 어깨를 묵직하게 툭, 툭, 두 번 두드리고는 나가버렸다. 엄마도 곧바로 정신없이 뛰어나갔다. 한참 만에 조합에서 서류들을 돌려주지 않는다고 시무룩하게 돌아와서는 내 방에서 훌쩍거리다 잠들었다.

엉덩이에 찍은 붉은 도장

4학년이 되던 1990년 봄, 나는 체조부가 있는 학교로 전학 갔다. 전학 전날 밤, 엄마와 나는 손을 꼭 잡고 누워 새 학교에 대한 기대와 계획, 체조 선수로서의 포부에 대해 얘기를 나누었다. 나는 긴장되기도 하고 걱정되기도 해서 잠이 오지 않았고, 엄마는, 떨려서 오늘밤은 잠을 못 잘 것 같아, 라는 말을 마지막으로 곯아떨어졌다. 뒤척이던 나는 살금살금 일어나 부엌으로 가서 물을 마시고, 화장실에 갔다가 다시 방으로 들어왔다. 내 자리로 돌아오다 엄마 손을 살짝 밟았는데 엄마는 미동도 않고 일정한 리듬으로 코를 골았다. 정말 깊이 잠들었나보네.

나는 앉은뱅이책상 위에 놓인 백열전구 스탠드를 켰다. 다행히 엄마는 깨지 않았고, 나는 고개 숙인 스탠드 목을 우르륵 세워서 엄마가 곱게 다려 옷걸이에 걸어놓은 교복을 비춰보았다. 짙은 남색 재킷과 남색과 검은색, 하늘색 선이 섞인 체크무늬 주름치마. 그리고 화룡점정, 넥타이. 그랬다, 내가 전학 갈 학교는 사립학교였다.

내가 에어로빅 학원에서 체조 연습을 하는 동안, 엄마는 체조부가 있는 학교로 나를 전학시키기 위해 고군분투했다. 지금처럼 인터넷이 보편화되지 않아 정보가 귀한 시절이었고, 길도 잘 못 찾는 엄마는 혼자 구청이며 동사무소, 교육청, 학교 들을 찾아다녀야 했다. 취미반이나 특별활동 정도가 아니라 제대로 된 체조부가 있는 학교가 흔치 않았다.

나는 결국 한 사립 초등학교로 전학 가게 되었다. 입학금, 등록금, 특별활동비, 급식비…… 아무튼 꼭 내야 하는 기본적인 비용만 계산해도 남은 4, 5, 6학년, 삼 년을 다니려면 집을 팔거나 가게를 빼야 할 정도였다. 모든 절차가 마무리된 후에야 사실을 알게 된 아버지는 펄쩍펄쩍 뛰었다. 진짜 일 미터쯤 뛰어올랐다. 엄마와 도저히 말이 안 통한다고 생각했는지 나에게 물었다.

"마니 니가 한번 대답해봐! 집을 팔거나 가게를 빼거나 해야 한다고! 어떡할래? 응? 어떡할 거야?"

나는 정말 심각하고 진지하게 고민한 후 결정했다.

"아무래도…… 가게를 빼는 게 좋겠어요."

아버지는 드라마에서 나오는 것처럼 뒷목을 잡고 쓰러졌다. 놀란 엄마가 비명을 지르며 다가가 아버지를 일으키려 하자 아버지는 엄마의 손을 탁 쳐냈다.

"내가, 죽어도, 너희들한테는 부축 안 받아."

그러고는 여전히 뒷목을 잡은 채로 비틀비틀 일어나더니 몇 번이나 다리가 풀린 듯 휘청휘청 넘어졌다 일어나기를 반복하며 대문을 열고 나갔다. 그날 아버지는 혼자 택시를 잡아타고 한 대학병원에 도착해서 응급실까지 걸어 들어갔다고 한다. 응급실에 발을 들여놓자마자 정신을 잃었고, 심정지를 일으켰는데, 의료진이 곁에 있어 곧바로 심폐소생술을 했기에 망정이지 정말 큰일 날 뻔했다. 그리고, 그럼에도, 나는 예정대로 전학을 갔다. 아버지는 또 뒷목을 잡았다. 그즈음 아버지는 팔을 내리고 있을 때보다 뒷목을 잡고 있을 때가 더 많았다.

우리 동네로는 스쿨버스가 오지도 않았다. 겨우 열한 살, 초등학교 4학년이던 나는 여섯 시 삼십 분에 집에서 나와 집 앞 버스정류장에서 버스를 타고 여섯 정거장을 가서 내린 후, 다시 일곱 시 스쿨버스로 갈아타고 학교에 갔다. 교복이 예뻐서인지, 어린애가 교복을 입어서인지, 버스에서 어른들이 호기심 어린 눈으로 흘끔거리는 게 썩 나쁘지는 않았다.

스쿨버스 시간 때문에 나처럼 학교에 일찍 오는 아이들이 많았다. 어학이나 악기 같은 아침 특별활동도 있고, 도서관도 일찍 개방했는데 나는 그냥 엎드려서 잠만 잤다. 내가 잠을 잤다기보다 잠이 나를 휘감아 정신을 차릴 수가 없었다. 그렇게 힘들고, 피곤했다. 규모가 작은 학교라 아이들은 이미 서로를 잘 알았고, 중간에 전학 가는 경우는 종종 있어도 나처럼 전학 오는 경우는 거의 없기 때문에 전학 온 새 친구를 어떻게 대해야 하는지 아무도 모르는 듯했다. 그렇다고 나를 싫어하거나 따돌린 것은 아니다. 아무도 나를 어떻게 하지 않았다. 누가 좀 어떻게 해주기를 바랐는데, 아이들은 선량하고 순진하고 수줍은 얼굴로 나를 그냥 두었다. 힘들고 피곤한 데다 외로웠다.

학교 시설은 기대에 미치지 못했다. 교실은 좀 넓었고, 풍금이 아니라 피아노가 있었고, 화장실이 무척 깨끗했다. 화장실과 복도, 특별활동실을 청소하시는 분이 따로 있었다. 사실 책걸상도, 사물함도, 칠판도 깨끗했고, 미술실과 음악실과 과학실도 밝았고 실험 도구들도 멀쩡했다. 전에 다니던 학교와 비교도 할 수 없게 쾌적하긴 했는데 체육관이 마음에 차지 않았다. 예전 학교의 체육관보다 더 작고 벽에 금이 가 있었다. 돔형 천장이 쓸데없이 높아서 목소리가 쩡쩡 울렸다.

그 체육관에서 입단 테스트를 치렀다. 대학생 정도로밖에 보이지 않는 젊은 체조부 코치는 팔짱을 끼고 서서 앞구르기, 뒤구르기, 점프, 간단한 스트레칭을 시키더니 보는 둥 마는 둥했다. 그리고 왜 체조부에 들어오려고 하려고 하는지, 체조를 정식으로 배운 적 있는지 등을 묻기에 나는 코마네치와의 인연, 지난 일 년여 간의 피나는 노력 등을 장황하게 설명했다. 아직 선수로도 뛸 수 있을 것 같아 보이는데 벌써 코치라니. 아주 능력이 뛰어나거나 선수로서 재능이 없거나. 자꾸 후자일 거라는 생각이 들었다.

예상대로 나는 테스트를 무난하게 통과했다. 나중에 알았지만 입단 테스트는 크게 의미가 없는 절차였고, 원한다면 대부분 체조부에 들어갈 수 있었다. 하지만 그 이후는 자신의 의지가 아니었다. 계속 체조부원으로 남느냐, 또 체조부원으로 남느냐 체조 선수로 남느냐 하는 문제들.

체육관 입구 쪽에는 흰 체육복을 입은 1, 2학년 아이들 네댓이 모여 수다를 떨고 있었고, 트레이닝복을 입은 좀 더 큰 아이들 몇은 둘씩 짝을 지어 손을 맞잡고 몸을 풀고 있었다. 더 안쪽에는 체조복을 제대로 차려입은 두 명이 후프를 던졌다 받으며 이야기를 나누고 있었는데, 그것이 몸에 밴 듯 후프를 보지도 않았다. 내가 여기 들어오다니. 이 틈에 끼게 되다니. 꿈이라면 깨지 않기를.

　비슷하게 하얗고, 아담하고, 머리가 작은 아이들이 올망졸망 모여 있으니 다른 세계, 다른 종족을 보는 기분이었다. 체조부 아이들은 벌써 체중 관리를 했다. 예쁘고 가벼운 몸을 유지하기 위해 밥은 거의 먹지 않고 치즈나 삶은 닭가슴살을 싸가지고 다니면서 조금씩 먹었다. 보기만 해도 퍽퍽하고 배고프고 속이 쓰렸다. 허기지지 않을 정도로만 먹어서 그렇게 다들 작았던 모양이다.

　이전의 나는 몸에 대해 생각해본 적이 없다. 몸의 모양이나 무게나 몸이 만드는 선 같은 것들. 보이지도 않는 배 속의 상태에 대해서는 많이 생각했다. 배가 부르다, 아프다, 고프다, 많이 고프다, 정말 많이 고프다…… 몸에 관심이 생기고 나서야 알았는데, 나는 키가 큰 편이었다. 4학년 때까지는 반에서 가장 컸다. 남자애들보다 더 컸다. 엄마는 잘 해 먹이지도 못하는데 이렇게 콩나물처럼 쑥쑥 자란다며 기특해했는데, 그 키가 그대로 멈춰 중학교 때는 조금 작은 편이었고, 고등학교 때는 삼 년 내내 반에서 제일 작았다. 그제야 엄마는 원래 일찍 피는 꽃이 먼저 시드는 법이라고 한숨을 쉬다 눈을 흘기다 했다. 나는 아무 짓도 안 하고 가만히 있는데도 칭찬을 받았고, 역시 가만히 있는데도 면박을 받았다.

　체조부 아이들은 이름도 예뻤다. 이름 유별나기로는 나도 빠지지 않지만, 정확히 말하면 내 이름은 그냥 특이한 거고 체조부에는 정말 이름이 예쁜 아이들이 많았다. 그동안 내 주변에는 혜선을 필두로 미선, 지선, 영선, 명선 등 '선' 자가 들어가는 이름이 많았다. 여자는 순하게 살아야 한다고 '순할 순(順)'을 쓰던 시대를 지나, 참하고 정숙하게 살라고 '맑을 숙(淑)'을 쓰던 시대도 지나, 착한 여자가 각광받는 시대였나보다. 그나저나 혜선은 착했나. 어쨌든 체조부에는 그런 선한 이름을 가진 아이가 한 명도 없었다. 특히 4학년 아이들은 나 말고 셋이 모두 한글 이름이었다. 김초롱, 최샛별, 유빛나리. 진짜 초롱초롱했고, 샛별 같았고, 빛이 났다. 나는 고마니. 고. 마. 니. 뭘 마니? 내 이름은 그 아이들에게 어떤 인상을 남겼을까.

나는 체육관 입구에 서서 발끝으로 바닥을 톡톡톡 두드렸다. 선뜻 체조부 아이들이 모여 있는 곳으로 다가가지 못하고 있는데, 코치 선생님이 체육관으로 들어오며 내 어깨를 쳤다.

"응, 마니 왔구나. 뒤쪽 탈의실 가서 체육복으로 갈아입고 와. 비어 있는 라커 아무거나 쓰면 될 거야."

그제야 나는 아이들 사이를 지나 체육관 뒤편의 탈의실로 갔다. 애초에 탈의실 용도로 만든 것 같지는 않고 기구들을 보관하는 창고 구석에 칸막이를 세우고 문을 달아 탈의실로 쓰는 거였다. 라커마다 이름표가 붙어 있다. 나는 이름표가 없는 라커 중에서 벽 쪽 가장 아래 칸의 라커를 열었다. 오랫동안 가만 닫혀만 있었는지 빽빽하게 잘 열리지 않아 두 손으로 힘껏 당겨야 했다. 다른 라커들은 조금 우그러지기도 했고 손잡이가 부러진 것도 있었는데 내가 선택한 라커는 깨끗했다. 쪼그려 앉아 물건을 넣고 꺼내야 하는 자리라 그동안 아무도 사용하지 않았던 모양이다. 나는 어릴 때부터 그랬다. 버스를 타면 항상 가장 뒷자리에 앉고, 도서관에 가면 당연하게 구석에 자리를 잡고, 친구들과 떡볶이를 먹으러 가서도 모서리에 놓인 의자를 차지했다.

등을 둥그렇게 말고 어깨를 잔뜩 움츠려 내가 할 수 있는 가장 낮은 자세로 교복과 가방을 라커에 밀어넣었다. 곧 여기에 내 이름도 붙겠지. 뭉클한 기분이 들어 라커를 손으로 한번 쓸어보고, 다른 라커와 이름표들도 만져보았다. 이름표가 붙은 라커 하나가 빼꼼 열려 있기에 무심코 문을 당겼는데 옷과 가방이 들어 있었다. 대충 구겨 던져놓은 교복과 나이키 망치가방.

그때 중·고등학생들 사이에서 긴 숄더 밴드가 한 줄 달린 원통 모양의 농구 가방이 유행했는데 다들 그 가방을 망치가방이라고 불렀다. 예전 학교의 농구부 아이들 대부분이 망치가방을 멨고, 좀 논다 하는 5, 6학년 언니들도 망치가방을 멨다. 나도 갖고 싶었는데, 나는 그냥 양쪽으로 메는 초등학생용 천가방을 메고 다녔다. 일단 나에게 어울리지 않았고, 유명한 스포츠 브랜드라 그런지 제법 비싸기도 했다. 그렇다고 짜가는 메기 싫었다. 쓸데없이 망치가방을 만지작거리고 있는데 누군가가 소리쳤다.

"너 뭐야? 왜 남의 라커를 뒤지고 그래?"

나는 더듬더듬 변명했다.

"아니, 그냥, 열려 있어서. 모르고 안 닫았나보다 해서, 닫아주려고. 근데 잘 안 닫혀가지고. 봐, 이게 닫으면, 또, 이렇게, 이렇게, 스르르 열린다니까? 하하하하하. 이거 봐. 그치?"

내가 생각해도 웃음은 좀 어색했지만 그럭저럭 재치 있게 둘러댔다고 생각했다. 물론 먹히지는 않았다. 라커의 주인인지 아닌지 알 수 없는, 심지어 나보다 나이가 많은지 적은지도 알 수 없는, 체조복을 입은 아이는 불쾌하고 의심스러운 표정을 애써 감추려고도 하지 않았다.

드디어 체조부에서의 첫 번째 연습. 나는 흰 체육복 무리로 분류되어

두 시간 정도 체력 훈련을 했는데, 그날 뭘 배웠고, 무슨 설명을 들었고, 또 내가 어떤 말과 행동을 했는지 전혀 기억하지 못했다. 그 라커는 재라커일까. 쟤는 또 왜 웃는 걸까. 나를 비웃는 걸까. 나를 왜 봤을까. 생각의 연결고리들은 끊일 듯 끊일 듯 끊이지 않았다. 아, 나는 왜 남의 라커를 열고, 그것도 모자라 그 안의 가방까지 만지작거렸을까.

첫 연습은 몸을 푸는 정도로 가볍게 마치고 모두 라커로 돌아와 옷을 갈아입었다. 흘끔 보니 열려 있던 라커는 목격자의 것이 아니었다. 그나마 다행이라고 생각하며, 그 아이가 또래답지 않은 진중한 태도로 비밀을 지켜주기 바랐다. 하지만 그럴 리가. 바로 다음 날, 라커 주인인 김초롱은 자기 라커의 걸쇠가 휘어서 가끔 열리는 경우가 있다며 그냥 두어도 된다고, 아무런 감정 없는 얼굴로 말했다. 분노도, 의심도, 비아냥거림이나 경고도 아닌 그저 정보전달. 그런데 무서웠다. 기대했던 새 학교, 체조부, 새 친구들…… 그렇게 나 스스로 말아먹었다.

새로운 체조부원은 모두 네 명이었다. 두 명은 1학년이고, 4학년에는 나 말고 한 명이 더 있는데 일곱 살 때부터 체조를 했단다. 대회에서 자주 만났다며 다른 4학년 부원들과 처음부터 서로 이름을 부르고 자연스럽게 지냈다. 나는 아는 사람도 없이 뒤늦게 들어온 데다, 제대로 체조를 했던 것도 아니고, 라커에서 도둑 누명까지 썼다. 따돌림이라면 혜선에게 당할 만큼 당해봤기 때문에 어떤 건지 잘 알았고, 각오를 단단히 했는데, 아무도 나를 따돌리지 않았다. 괴롭히지 않았다.

다만 몸이 따라주지 않아 괴로웠다. 학원 원장 선생님은 어정쩡한 자세도 적당히 넘어가주고 모른 척해주었는데, 체조부 코치 선생님은 스트레칭할 때마다 내 다리 위에, 엉덩이 위에, 허리 위에 앉았다. 몸의 힘을 빼고 완전히 털썩 앉아 힘껏 내리눌렀다. 우두둑우두둑 소리가 나기도 했다. 뼈가 부러지고 근육이 찢어질 것 같은데 아무리 비명을 질러도 코치는 멈추지 않았고, 아프고 무서워서 나는 결국 울어버렸다. 그리고 아이들이 다 보는데 울어버린 게 창피해 체육관을 박차고 나왔다.

체육관 바로 앞에 있는 별관 건물로 들어가서는 구름다리라고 부르는 공중통로로 연결된 본관까지 뛰어갔다가, 그래도 다시 돌아가야 할 것 같아 별관으로 갔다가 망설이며 다시 본관으로 갔다가 하는 사이 방향 감각을 잃었다. 계단을 오르내리고 복도를 돌고 구름다리를 건너갔다가 다시 건너오기를 반복했다. 이 길이 아까 그 길이고, 이 계단은 처음 왔던 그 계단인데, 왜 옆에 문이 있지? 처음부터 돌멩이라던가, 빵조각 같은 것을 이정표로 놓았어야 했다. 헨젤, 넌 정말 지혜로웠구나. 막막해진 나는 그대로 주저앉아버렸는데, 그때 누가 등 뒤에서 내 어깨를 톡톡 쳤다. 김초롱이었다. 아무 말 없이 내게 뭔가를 내밀기에 일단 받았다. 캐러멜이었다.

"이거 먹으면 기분 좋아진다. 엄마가 살쪘다고 못 먹게 하는데 나 엄마 몰래 매일 먹어."

김초롱은 손에 쥐고 있던 또 다른 캐러멜 종이껍질을 벗겨서 자기 입에 쏙 넣고는 어깨를 움츠리며 키득키득 웃었다. 나도 캐러멜을 입에 넣었다. 정말 웃음이 나왔다. 손등으로 쓱쓱 눈물 자국을 닦아내며 김초롱처럼 키득키득 웃었다. 같은 걸 먹고 같은 소리를 내며 웃으니 조금 친해진 기분이 들었다.

"근데 너 길 못 찾은 거지?"

"응."

"여기 되게 헷갈려. 본관 일층이 별관 이층이거든. 1학년 때 애들이 길 못 찾아서 많이 울고 그래."

"창피하네."

"애들한테 말 안 할게. 코치님한테도."

나는 김초롱의 한 발 뒤에서 보이지 않는 발자국을 따라 디뎠다. 코치 선생님은 멋쩍게 다시 체육관에 들어서는 내게 아무것도 묻지 않았고, 새로운 4학년 체조부원은 내내 내 연습 파트너가 되어주었다. 먼저 다정하게 인사하고, 질문에 친절하게 대답하고, 뒤처지는 나를 위로하고 격려하던 아이들. 왜지? 나는 오히려 그들의 배려가 어색해서 견딜 수 없었다.

고학년들은 종일 체육관에서 살다시피 했다. 가끔은 수업도 빠지는 것 같았다. 하지만 나는 딱 전체 연습 시간에만 체육관에 갔다. 친절한 아이들도 어색했고, 다정한 코치님도 왠지 무서웠고, 그냥 체육관이 다 두려웠다.

전체 연습 때는 주로 스트레칭과 체력 훈련을 했다. 죽어라 체육관을 돌고 윗몸일으키기를 하고 제자리뛰기를 하다보면, 체조부에 들어간 건지 육상부에 들어간 건지 알 수가 없었다. 나는 다리가 찢어져라 다리를 찢고, 허리가 부러지도록 허리를 꺾었다. 하지만 아무리 해도 자세는 엉거주춤했고, 몸은 계속 둔했다. 그래도 일 년이나 체조를 배웠는데.

진짜 선수들 사이에 서고 보니 나는 뭔가 '가짜'인 것 같았다. 내가 다닌 학원이 에어로빅 학원이라서가 아니라, 몸이 유연하지 않아서가 아니라, 너무 늦게 체조를 시작해서가 아니라. 그런 게 중요한 게 아니었다.

어느 날 밤, 창 너머로 흐릿하게 반짝이는 별 하나를 발견했는데, 그 다음 날도 또 그다음 날도 그 별이 보이는 거다. 그래서 아, 내가 발견한 이 별을 나의 수호성이랄까 이정표랄까 그런 걸로 삼아야겠다고 생각하면서 그 별에 이름도 붙이고, 소원도 빌고 그랬는데, 그 별이, 별이 아니라는 거다. 위성이라든가, 우주정거장이라든가, 남산타워 불빛이라든가, 그도 아니면 그냥 비문증(飛蚊症)인 거다. 그럼 그 별에 빌었던 내 소원은 어떻게 되는 걸까. 그 소원도 가짜가 되는 걸까. 소원은 함부로 무언가에 대고 비는 게 아니다.

어느 날, 코치는 연습을 마치고 나가는 나를 따로 불렀다. 포기했다고 하려나. 나가라고 하려나. 혜선이 눈 감고 평균대 건너는 걸 보겠다고 체육관으로 부를 때보다 더 떨렸다. 일부러 천천히 걸어가, 운명을 기다리는 신화 속의 몸집이 큰 동물처럼 고개를 푹 숙이고 코치 앞에 섰는데, 코치는 들고 있던 커다란 수첩에서 인쇄물을 꺼내 건넸다.

"마니한테 체조부 운영계획안하고 안내문을 안 줬더라고. 어머니 갖다드리고."

성격도 좋은 코치, 이 너절한 제자를 끝까지 끌어안고 가겠다는 거구나.

"그리고 무용 수업을 따로 좀 받아보는 것도 좋을 것 같아. 발레라든가 현대무용이라든가. 감각도 생기고 자세도 교정이 될 거야. 몸이 만드는 선도 예뻐질 거고. 그것도 어머니하고 한번 상의해봐."

그러니까 무용을 체조부에서 가르친다는 게 아니라 나보고 따로 배우라는 거지? 아니 왜? 체조에 필요한 거라면 체조부에서 가르쳐야 하는 거 아닌가? 좀 이해 안 되는 부분이 있었지만 일단 고개를 끄덕였다.

내용이 궁금했는데 꺼내 보지 못했다. 왠지 다른 아이들에게 들키면 안 될 것 같은 생각이 들어서 교과서 사이에 끼워 가방 깊숙이 넣었다. 셔틀에서도 가방을 꼭 끌어안고만 있었다. 그러다 시내버스로 갈아타고 나서야 안내문을 꺼내 봤다. 연습은 내가 하는데 누구한테 연습비를 내라는지 모르겠지만 연습비, 상반기에 예정된 두 차례의 체력 훈련과 한 차례의 합숙 훈련 비용, 각종 의상과 기구 사용료, 허물어져가는 체육관 이용료에 창고 구석에 대충 처박혀 있는 망할 라커 이용료까지 포함되어 액수가 어마어마했다. 엄마가 과연 이 돈을 마련할 수 있을까. 안내문을 반으로 다시 접어 교과서 사이에 끼워 넣는데 목구멍에 닭가슴살이 탁 걸린 것 같았다. 아, 퍽퍽해. 답답해.

며칠이 지나도록 안내문을 엄마에게 주지 못했다. 엄마는 어떻게 해서든 돈을 마련하려고 동분서주할 것이며, 구해지지 못하면 혼자 속앓이를 할 것이다. 여기까지 오는 동안 나도 힘들었지만 엄마는 더욱 힘들었다. 코치는 연습 때마다 어머니께 안내문 전해드렸냐고 물었다. 나는 아차, 하면서 뒷머리를 긁적이고 다음 날도 긁적이고 또 그다음 날도 긁적이고 이러다 정말 뒤통수에 구멍 나겠다 싶어서 그냥 잃어버렸다고 했다. 코치는 그날따라 평소 잘 가지고 다니지도 않던 수첩을 꺼내 여분의 안내문을 주었다. 이번에는 꼭 어머니 전해드리라는 당부와 함께.

방문을 걸어 잠그고 안내문을 몇 번이나 다시 읽었다. 어쩌지. 어쩌지. 상의할 사람이 아무도 없었다. 형제자매가 없으니 이럴 때, 그러니까 부모님께 뭔가를 털어놓을까 말까 고민될 때, 함께 고민해줄 사람이 없어서 참 외롭구나 싶었다. 그런데 생각해보니 친구와 상의해도 되는 일이다. 진짜 내 문제는 형제자매가 없다는 게 아니라 친구가 없다는 거구나. 삶의 지혜를 덤으로 얻은 기분. 그런데 왠지 더 쓸쓸한 마음. 나는 그냥 엄마에게 안내문을 보여주었다. 안내문을 찬찬히 읽어내려가던 엄마의 얼굴이 굳어졌다.

"체조부에서 돈을 받아? 웃기는 학교가 다 있네. 이럴 줄 알았으면 학원 보냈지 뭣하러 그 비싸고 먼 학교를 보내? 내라는 돈은 또 왜 이렇게 많아? 도둑놈들이 따로 없네, 도둑놈들이. 체조고 나발이고 당장 때려치워라!"

응? 엄마, 뭐라고? 의외의 반응이었다. 엄마 입에서 때려치우라는 말이 이렇게 쉽게 나올 줄은 몰랐다.

"그냥 나 체조 그만둘까?"

엄마를 한번 떠볼 생각으로 괜히 물었다. 엄마는 고개를 돌리고 한숨을 내쉬었는데, 끝까지 아니라고는 말하지 않았다.

나는 말없이 내 방에 들어와 문을 잠갔다. 아버지가 외갓집 마당의 커다란 대추나무를 장대로 휘두를 때, 나무등치를 때리는지 응어리진 마음을 후려치는지 알 수 없을 정도로 사정없이 휘두를 때, 요란하게 떨어지며 깨지던 굵은 열매들처럼 두 눈에서 눈물이 후두둑후두둑 쏟아졌다. 마음이 복잡했다.

체조를 잘하지도 못했고, 그 먼 학교에 다니는 것이 쉽지도 않았다. 매일매일이 피곤했고, 불안했고, 우울했다. 아마도 십여 년 짧은 인생

중 가장 힘든 시간이었을 것이다. 하지만 나는 체조를 포기하고 싶지 않았다. 체조가 좋거나 체조를 하는 것이 행복해서는 아니었다. 창피하다. 이대로 그만두면 너무 창피하다. 아버지에게, 엄마에게, 외할아버지와 외할머니에게, 혜선을 비롯해 내가 체조를 한다는 사실을 알고 있는 모든 동네 친구들에게.

엄마는 다음 날 아침, 교복 단추를 꿰며 나서는 내게 편지봉투 하나를 내밀었다. 봉투의 두툼한 두께와 보일 듯 안 보일 듯 떨고 있는 엄마의 손. 그 안에 돈이 들어 있음을 직감했다. 엄마는 결국 돈을 마련해주었다. 아버지에게 욕을 먹으면서 받았거나 외할아버지에게 빌렸겠지.

"잃어버리지 말고 코치 선생님 잘 갖다드려."

나는 침을 한 번 꿀꺽 삼키고 봉투를 마주 쥐었다. 엄마는 봉투를 놓지 않았다. 내가 살짝 힘을 주어 봉투를 당기자 엄마도 손가락에 힘을 주어 봉투를 쥐었다. 내가 또 한 번 힘을 주어 봉투를 당기자 엄마는 그제야 스르르 손의 힘을 풀었다. 봉투를 교과서 사이에 끼우고 교과서를 가방에 넣고 지퍼를 채울 때까지 엄마의 손은 허공에 그대로 떠 있었다. 엄마는 내가 가방 메는 것을 도와주고 지퍼가 잘 채워졌는지 다시 한 번 확인했다.

"큰돈 들었으니까 가방 잘 메고 가."

"알았어."

"학교 가자마자 드리고."

"알았어."

"괜히 가지고 다니다가 잃어버리지 말고."

"아이 참. 알았어, 알았다니까."

엄마는 내가 신발을 신는 동안 어깨끈을 고쳐 매주는 척하면서 계속 가방을 만지작거렸다. 괜히 교복도 털어주고, 침을 묻혀 앞머리도 정리해주었다. 하지만 두 눈의 초점은 이미 나를 지나쳤고, 검은 눈동자 안에는 알 수 없는 불안과 미련이 담겨 있었다. 돈 준 게 아깝거나 내가 못 미덥거나.

"엄마!"

"어, 엉?"

멍하니 서 있던 엄마는 내가 큰 소리로 부르자 깜짝 놀랐다.

"나 학교 갔다 온다고."

"응"

"들어가."

"응. 알았어."

"나 진짜 간다?"

"마니야!"

뒤돌아 걸음을 떼자 이번에는 엄마가 나를 다급히 불렀다. 그 아침, 우리는 헤어지기 못내 아쉬운 연인 같았다.

"왜?"

"연습 열심히 해."

"그 말 하려고 불렀어?"

"응. 연습 열심히 해."

나는 엄마의 흔들리는 동공을 똑바로 보면서 물었다.

"솔직히 돈 아깝지?"

"아깝다기보다는…… 우리한테는 큰돈이니까, 아까운 돈 날리지 말라고. 열심히 하라고."

"엄마, 나 솔직히 체조 잘 못해. 체조부 들어가고 보니까 어렸을 때부터 하던 애들이랑 비교가 안 되더라."

"누가 너더러 당장 금메달 따 오래? 얼른 학교나 가."

엄마는 내 어깨를 떠밀었고, 나는 떠밀려 휘청거리며 물었다.

"그럼 금메달 못 따도 좋아? 그런데도 나한테 이렇게 큰돈 들이는 거야? 왜?"

"자식이니까 그런다, 자식이니까. 부모가 돼서 자식새끼가 하고 싶다는 거 하나쯤은 하게 해주고 싶어서 그런다, 이 자식아!"

학교에 가는 내내 마음이 무거웠다. 엄마의 말이 계속 귓가에 맴돌았다. 자식이니까 그런다, 이 자식아. 이 자식아. 이 자식아.

그때까지 나는 전체 연습이 끝나면 조용히 옷을 갈아입고 인사를 하고 먼저 체육관을 빠져나왔다. 딱히 나를 붙잡는 사람도 없고, 마지막 스쿨버스까지 보내고 나면 집에 갈 일이 정말 막막했기 때문이다. 열심히 하라는 엄마의 말도 있고 해서 그날은 나도 한번 남아 있어보았다.

일단 뛰었다. 딱히 할 게 없고, 그렇다고 가만히 서 있을 수도 없어서 트랙을 따라 체육관을 빙글빙글 돌았다. 몸이나 풀 겸 가볍게 천천히 달리기 시작한 건데 달리다보니 발에 가속도가 붙었고, 어느 순간 나는 전력질주를 하고 있었다. 쓸데없이 성실한 두 다리가 부끄러웠고, 더욱 부끄러운 것은 체육관에 있는 누구도 나의 달리기에 관심이 없었다는 사실이다. 내가 그렇게 하릴없이 달리는 동안 다른 부원과 코치들은 모여 뭔가를 상의하고, 서로 시범을 보이고, 동작을 따라하고, 기록했다.

나는 용기를 내서 그들 곁으로 갔다. 그리고 용기를 한 번 더 내서, 배에 힘을 꽉 주고, 기어들어가는 목소리로 말했다.

"선생님 저도, 연습, 더 하고 싶은데……"

코치는 당황해서 어쩔 줄을 몰랐다.

"어, 저기, 그래. 잠깐만. 안무 좀 마무리해놓고."

안무? 안무를 마무리한다고? 도대체 무슨 안무? 내가 집에 간 사이 많은 일들이 벌어지리라 예상은 했다. 나도 그 정도 눈치는 있다. 하지만 내 눈치로는 짐작도 못할 더 크고 중요한 일이 있나보다. 나는 '안무'라는 한마디에 그대로 얼어버렸다.

코치는 아이들을 연습시키느라 십 분 넘게, 체감 한 시간 넘게 '초록 저고리 다홍치마로 겨우 귀밑머리만 풀린' 신부처럼 나를 세워놓았다. 아, 이러다 폭삭 내려앉을 것만 같아. 눈물이 나려고 할 때에야 코치가 내게 다가왔다.

"마니는 기본기 갖추는 걸 이번 학기 목표로 삼자. 이제 시작이니까 1, 2학년하고 진도 맞춰간다고 생각하면 될 거야. 일단 친구들 5월 대회 끝나면 그때 다시 자세히 얘기하자."

다른 부원들은 대회를 준비하고 있었다. 아이들은 봄부터 시작되는 국가대표 및 국제대회 선발전과 종별선수권대회, 소년대회, 회장배대회와 각종 기관 후원대회 등을 주욱 치르다가 가을에 있는 전국체전을 끝으로 일 년의 일정을 마무리한다. 물론 모든 선수들이 이 수많은 대회를 다 치르는 건 아니다. 종목과 실력에 따라 출전할 대회를 정하고, 일정을 조정해 연습한다. 그럼 나는? 나는 대회가 열리는 줄도 몰랐다. 내 또래 아이들은 벌써 선수로 대회에 출전하는데, 나는 겨우 스트레칭을 하고 있고, 딱히 재능이 보이지도 않고, 뭘 어떻게 해야 할지 알 수 없었다.

학원 다니던 시절에는 목표가 있었다. 체조부 입성. 체조부에만 들어가면 방법이 생기고 길이 뚫릴 줄 알았다. 그래서 올림픽에도 나가고 메달도 따게 될 줄 알았다. 그냥 자연스럽게 그렇게 되는 건 줄만 알았다. 올림픽에 나가기까지 얼마나 많은 대회와 선발전을 거치는지, 그 대회와 선발전에 나가기 위해 또 얼마나 많은 연습과 훈련을 하는지, 그 연습과 훈련을 소화하기 위해 얼마나 많은 체력과 감각과 지원이 필요한지는 생각도 못했다. 내가 뒤늦게 난관들을 발견하고 당황하고 있을 때, 다른 친구들은 이미 그 난관 따위 깨고 넘고 부수고 성큼성큼 목표를 향해 돌진하고 있었다. 열 살 언저리의 어린애들이. 걔들이 너무 똑똑한 건지, 내가 너무 덜떨어진 건지.

연습의 강도는 상상 이상이었고, 어린 선수들에게는 늘 부상이 따라다녔다. 김초롱은 발목 인대 수술을 받아야 할 것 같다고 했다. 연습하다 인대를 다치고, 대회 일정 때문에 제대로 치료를 못 받고, 염증이 생기고, 겨우 좀 괜찮아졌는데 또 연습하다 다치기를 반복한 것이다. 최샛별은 평행봉 연습을 하다 떨어져 잠시 몸이 마비되기도 했단다. 월요일부터 내내 연습에 나오지 않아 선생님께 물어보았더니 정밀검사를 받고 잠시 휴식을 취하는 중이라고 했다. 코치 선생님의 설명을 듣고 나니 나는 부끄럽기도 하고 화가 나기도 했다.

"제가 나갈 수 있는 대회는 없어요? 지금부터라도 연습하면 안 될까요? 가을에 하는 대회면 여섯 달 정도는 여유가 있는 거잖아요."

"맨손 종목은 두세 달 연습하고 나오는 애들도 있고, 대체로 육칠 개월 정도 연습하고 출전하는데…… 그건 새 프로그램을 연습하는 데 필요한 시간이 그 정도라는 거고. 마니는, 아직, 프로그램 자체를 소화하는 건 어려울 것 같다. 너무 조급하게 생각하지 말고……"

코치는 다른 부원들이 대회를 준비하는 동안 나는 기본기를 다지는 것이 좋겠다고 했다. 당분간 자신은 친구들의 출전 준비에 집중해야 한다며 조금만 이해해달라고도 했다. 대회는 가을까지 줄줄이 이어져 있는데, 말이 좋아 '당분간'이지. 코치는 마지막으로 조심스럽게 덧붙였다.

"무용 수업은 알아봤니? 아무래도 따로 레슨을 받아야 할 것 같은데…… 이런 얘기는 어머니하고 해야 하는데 어머니가 왜 상담을 안 오시지?"

상담 오라고도 안 하셨잖아요. 그리고 먹고 죽으려고 해도 없어요, 레슨비. 나는 실없이 웃으면서 일단 기본 훈련을 열심히 하겠다고만 대답했다. 꾸역꾸역 남아 있을 이유가 없었다. 나는 인사도 하지 않고 체육관을 나섰다. 돌아보고 싶었지만, 왠지 자존심이 상했다. 돌아보지 말자. 돌아보면 돌이 된다, 돌이 된다, 돌이 된다. 스스로를 다잡으면서 터덜터덜 걸음을 옮기다가 나는 기어코 돌아보고 말았다. 여섯 명의 아이들과 코치는 연습도 멈추고 나의 뒷모습을 쳐다보고 있었다. 비웃지 않았다. 슬퍼하거나 안타까워하지도 않았다. 그냥 보고 있었다. 한 명이 나에게 빙긋, 습관적인 근육의 움직임인 듯한 미소를 보냈는데, 이미 내 눈에는 눈물이 가득 고여 있어 누군지 알아볼 수 없었다. 아, 돌아보지 말 것을. 나는 돌이 됐다.

그렇게 자존심을 구기고도 나는 정해진 시간에 열심히 체육관을 찾아가 체력 훈련을 받았다. 대회도 안 나가면서 체력을 이렇게 키워서 어디에 쓰겠다는 건지 나 스스로도 한심했다. 마음이 무거워지니 몸이 무거워졌고 결국 몸살이 났다. 특히 허리와 골반이 쑤시고 허벅지가 말도 못하게 땅겼다. 연습도 두 번이나 못 나갔다. 수업을 마치자마자 집으로 돌아와 혼자 방에서 끙끙 앓고 있는데 엄마는 진통제 한 알 사다 주지 않고 싫은 소리만 해댔다.

"그 망할 체조부에 갖다바친 돈이 얼만데. 한 번 연습할 때마다 얼만 줄 알아? 전에 다니던 학원비보다 더 비싸, 이것아. 근데 거길 왜 빠지냐, 왜 빠지길! 내가 그 돈을 어떻게 구했는지 알기나 해? 쓰러지더라도 연습하다 쓰러지고, 죽더라도 옆구르기 하다가 죽어!"

"진짜 나 죽을 것같이 아파! 지금이라도 옆구르기 해? 할까? 그래 할게, 옆구르기 하다 죽을게!"

몸이 아프니 마음도 약해지는지 평소와 비슷한 강도의 엄마 잔소리가 더욱 강력하게 느껴졌다. 나는 보란 듯이 좁은 방에서 옆구르기를 했다. 앞으로 한 번 돌았다가 다시 돌아서서 뒤로 한 번 돌고, 또 돌고, 또 돌고…… 어지러워서 자꾸 넘어졌다. 허벅지는 더욱 땅겼다. 속상해서 옆구르기를 하면서 계속 울었다.

"쇼를 한다."

엄마는 누가 이기나 해보자는 듯 방에서 나가지 않고 나를 계속 보고 있었다. 나도 오기가 생겨 계속 옆구르기를 했다. 그렇게 백 번쯤 구르다가 방바닥에 저녁 먹은 것을 토해내고 말았다. 엄마는 나를 걱정하기는커녕 내 등짝을 금이 가도록 내리쳤다. 엄마의 강력한 손바닥은 정확하게 울렁이는 지점을 강타했고, 나는 한 번 더 시원하게 토했다. 속에 있던 것을 노랑물까지 깨끗하게 토해내고 나자 속이 후련해졌다. 엄마도 속이 후련하도록 욕을 퍼부었지만, 결국 방을 닦고 이불을 깔아주었다. 나는 냉큼 이불 속에 들어가 누웠다. 곧 방바닥이 뜨끈해지는 것이 느껴졌다. 2월부터 한 번도 돌리지 않던 보일러를 돌려주나보다. 허리와 골반은 좀 나아졌지만 아랫배가 싸하게 아팠다. 나는 요 아래로 들어가 엎드려 아랫배를 따뜻한 방바닥에 댔다. 피로가 싹 풀리면서 스르르 잠이 왔다.

그날 밤, 왠지 눅눅한 느낌이 들어 잠이 깼다. 불길한 예감. 나는 화들짝 일어나 바지와 팬티를 내렸다. 옅은 갈색 얼룩이 있다. 아, 쌌다! 드디어 내가 똥개 논란에 종지부를 찍으며 팬티에 똥을 싸고 만 것이다. 일단 세면장으로 가서 아래를 씻고, 팬티를 갈아입고 똥이 묻은 팬티를 빨았다. 불도 켜지 않고, 물도 살살 틀어서 최대한 소리가 나지 않도록 하고 정신없이 빨았다. 흔적이 말끔하게 사라지지는 않았지만 잘 보이지도 않았다. 다행히 마당 건조대에 엄마가 어제 빨았던 속옷들이 아직 널려 있었고, 나는 그 사이에 문제의 팬티를 같이 널어놓았다. 어제 토하길 얼마나 다행인가. 그나마 배 속에 아무것도 없어서 팬티만 버리고 말았지, 안 그랬으면 바지는 물론 요까지 다 똥칠을 했을지 모르는 일이다. 방으로 다시 돌아와 누웠는데 심장 뛰는 소리가 내 귀까지 쿵쾅쿵쾅 들렸다.

문제는 학교에서 또 터졌다. 분명 아침에 일어나자마자 똥을 누었고 혹시나 싶어 아침도 안 먹었건만 또 묽은 똥을 묻히고 만 것이다. 어젯밤보다 색이 더 옅어진 것을 보니 배탈이 호전되고 있는 것 같기는 한데, 갈아입을 옷이 없었다. 아주 조금이지만 어쨌든 똥은 똥이다. 나는 화장실에 서서 어떡해, 어떡해, 어떡해, 중얼거리며 발만 동동 굴렀다.

이상했다. 배탈이 난 것도 아닌데 왜 물똥이 나오는 걸까. 웃거나 기침을 하느라 괄약근의 신경을 놓친 적도 없는데 왜 자꾸 똥이 새는 걸까. 물끄러미 팬티에 묻은 똥을 내려다보고 있는데 수업을 알리는 종이 울렸다. 일단 옷을 다시 올렸다. 많이 묻지도 않았는데 마르겠지, 뭐. 몸에 묻는 건 나중에 생각할 일이다.

몸이 완전히 좋아지지는 않았지만 체조부 연습에 갔다. 사실 나는 더 쉬고 싶었는데, 또 일찍 들어가기에는 엄마 눈치가 보였기 때문이다. 오랜만에 체육관에 나가자 4학년 아이들이 반가워하며 몸은 좀 괜찮으냐고 물었다. 내가 아프다는 얘기를 들었나? 누구한테? 그러고 보니 내가 아프다고 말하긴 했었나? 누구한테? 이런저런 의문들이 꼬리를 물고 이어져 대답도 못하고 우물거리는 사이 아이들은 다시 자기 연습에 열중했다. 내 대답을 기다리지 않았다. 가슴으로 바람이 숭숭 들어오는 것 같았다.

체육관을 두 바퀴 돌고, 사이드벌리기를 했다. 다들 별것 아니라는 듯 다리를 양쪽으로 쫙 벌리고 앉은 상태에서 팔을 위로 뻗기도 하고, 허리를 돌리기도 하고, 하품도 했다. 코치가 두 사람씩 짝 지어서 마주 보라고 하자 나를 제외한 아이들은 모두 자연스럽게 둘씩 짝이 되었고, 나만 혼자 남았다.

"자, 다리 최대한 벌리고. 짝꿍이랑 발끝 맞대고 끌어안으세요."

유연한 아이들은 몸을 밀착시켜서 서로를 끌어안았다. 짝이 없는 내가 두리번거리고 있자 코치는 벽을 보고 앉아 최대한 몸을 벽에 붙이라고 했다. 나는 그렇게 벽과 짝이 되었다. 커다란 내 짝꿍, 넌 너무 차갑고 과묵하구나. 평소에도 체조부에만 오면 거대한 벽 앞에 선 기분이었으니 벽 앞에 앉은 게 특별히 더 속상하지는 않았다. 하지만 나 혼자 아이들과 코치 선생님에게 등을 돌리고 다른 방향을 보고 있다는 사실에 괜히 외로워졌다. 나는 백팔십 도로 다리를 펴지 못하고 백오십 도 정도로 엉거주춤 다리를 벌린 채 끙끙거렸다.

"마니, 무릎 쫙 펴고. 발끝은 포인!"

두 다리를 백팔십 도로 펴고, 무릎도 쭉 뻗고, 발끝도 앞으로 쭉 뻗는 것이 정석이지만 나는 이 세 가지 동작이 한꺼번에 되지 않았다. 다리를 펴면 무릎이 굽고, 무릎을 펴면 발끝이 굽고, 발끝을 펴면 다리가 굽었다. 코치 선생님이 다가와 무릎과 발을 잡아 펴주면서 자세를 교정하다 늘 그렇듯 한숨을 쉬고 돌아갔다.

다음으로는 서서허리굽히기를 했다. 이번에도 다른 아이들은 손바닥이 바닥에 닿는 것은 물론 고개를 푹 숙이고 잠을 자듯 일어날 생각을 안 했다. 나는 중지 끝을 겨우 바닥에 찍었다. 허벅지부터 종아리까지 땅겨서 끙끙 소리가 저절로 나왔다. 그때 내 뒤에서 스트레칭을 하던 김초롱이 소리를 질렀다.

"아아악! 뭐, 뭐야! 너 뭐야!"

바퀴벌레라도 나왔나 싶었다. 돌아보니 김초롱은 당황과 불쾌가 뒤섞인 표정으로 다름 아닌 나를 보고 있었다.

"야, 너! 너, 너 말이야……"

말을 잇지 못했다. 그리고 손가락으로 내 엉덩이를 가리키고 있었다. 그러자 옆에 서 있던 아이들도 눈이 동그래지며 고함도 신음도 아닌 소리를 냈고, 좀 멀찌감치 있던 저학년들도 눈치를 보며 슬금슬금 다가왔다.

"으으윽."

"웬일이야."

"어머, 뭐야. 왜 저러고 있어."

나는 바지를 쭉 당겨 엉덩이를 보려고 했지만 보이지 않았다. 내가 저 애들처럼 유연하다면 고개를 돌려 뒷모습을 확인할 수 있었을 텐데. 나는 사태의 심각성을 파악하지 못하고 이런 생각을 하며 엉덩이를 보기 위해 이리저리 몸을 뒤틀었다. 그때 코치가 달려와 자신의 카디건을 벗어 내 허리를 감쌌다.

"마니야, 괜찮아. 괜찮아. 얼른 화장실부터 가봐."

아, 똥! 똥이 또 나왔나보다. 스트레칭을 한답시고 몸에 힘을 과하게 주기는 했지만 분명 아무 느낌 없었는데. 정말 귀신이 씻나락 까먹다가 목에 걸릴 일이다. 아이들이, 내 똥을, 다 봤다! 나는 뒤도 안 돌아보고 화장실로 뛰어갔다. 그런데 화장실 거울 앞에서 허리에 감겨 있는 카디건을 풀어 뒷모습을 확인하고는 기절할 뻔했다.

똥이 아니었다. 하얀 체육복의 엉덩이 부분이 원숭이 엉덩이처럼 바알갛게 하트 모양으로 물들어 있었다. 초경이었다. 나처럼 미련한 인간이 또 있을까. 생각해보니 냄새도 나지 않았는데 그걸 어젯밤부터 똥인 줄로만 알고 있었다.

사춘기 즈음 월경이 시작된다는 것은 알고 있었지만 나에게 그 '때'가 온 줄은 몰랐다. 너무 일렀다. 아마 내가 우리 반에서, 아니 4학년 중에서 가장 먼저였을 것이다. 키도 가장 크고, 가슴도 봉긋 올라오기 시작했으니 엄마나 선생님이나 아무튼 어른들이 미리 짐작하고 준비를 시킬 법도 했건만 아무도 알려주지 않았다. 무슨 상황인지도 잘 모르는 상태로 너무 갑작스럽게 그 일이 닥쳤고, 나는 수습에 필요한 물건을 전혀 갖고 있지 않았다.

결국 코치 선생님께 생리대를 하나 받았다. 처음 만져보는 핑크색 생리대를 앞뒤로 돌려보며 머뭇머뭇하자 선생님이 친절하게 사용법도 알려주셨다. 정신없이 뒤처리를 한 후, 피가 묻은 체육복을 벗고 교복으로 갈아입었더니 그제야 정신이 들었다. 놀라고, 긴장하고, 급히 옷을 입고 벗느라 온몸이 땀으로 흠뻑 젖었다. 되는 대로 손에 잡히는 것들을 구깃구깃 가방에 넣는데 코치의 카디건이 부드럽게 손가락에 휘감겼다. 너무 많이 구겨졌고, 화장실 바닥에 끌렸는지 축축하게 진흙물 같은 게 묻어 있었다. 비싼 옷인 것 같은데.

미칠 듯이 창피했지만 그래도 코치 선생님께 인사는 해야 했다. 고맙다고, 카디건은 빨아서 돌려드리겠다고 말하려고 체육관을 가로질러 선생님께 다가갔다. 신기하고 어이없고 이상하고 안쓰럽다는 아이들의 표정. 나도 내가 신기하고 어이없고 이상하고 안쓰럽다. 잘 알고 있으니 그만 좀 쳐다보렴. 복잡한 눈빛들 사이를 빠른 속도로 지나가 코치 선생님 앞에 섰다.

"감사합니다. 죄송해요."

"그게 뭐가 죄송할 일이야. 오늘은 일찍 들어가라. 놀랐을 텐데 집에 가서 푹 쉬어. 따뜻한 거 먹고."

"그런데 제가 아까 옷을 떨어뜨려서…… 빨아다 드릴게요. 죄송해요."

"괜찮아. 그냥 줘. 그냥 체육관에 두고 막 걸치는 옷이니까 신경 쓰지 말고."

그러고는 거의 낚아채듯 카디건을 가져갔다. 늦은 오후의 낮잠처럼 이렇게 부들부들한 옷을 막 걸치다니. 그럴 거면 나나 주지. 그때는 정말 더러워져도 상관없는 옷인 줄 알았는데 나중에 생각해보니 막 빨면 안 되는 옷이었던 것 같다. 나는 고개를 꾸벅 숙이고 뒤도 안 돌아보고 체육관을 빠져나왔다. 이번에 돌아보면 진짜 돌이다, 돌. 그냥 돌덩어리. 그래서 이번에는 진짜 돌아보지 않았다.

집에 돌아와 방문을 걸어 잠그고 주섬주섬 체육복을 꺼내 보았다. 선명했던 붉은색이 검게 변해 있었다. 아, 진짜 똥 같다. 체조부 아이들은 내 엉덩이를 보며 무슨 생각을 했을까. 엉덩이에 붉게 새겨진 주홍글자. 판사가 판사봉을 쾅 내려치듯, 도축장에서 새하얀 고깃덩어리에 등급 도장을 쾅 찍듯, 나는 엉덩이에 도장을 쾅 찍었다. 나의 무엇을 확정 짓는 도장이었을까.

모든 첫 번째 경험에는 아련함과 설렘이 있다. 하지만 이 일은 아니었다. 몸도, 마음도 아팠다. 내 손가락을 휘감던 차갑고 부드러운 카디건의 촉감만이 초경에 대한 유일하게 좋은 기억이다.

엄마에게 다시 집 근처로 전학시켜달라고 말하자 엄마는 의외로 차분하게 물었다.

"이유가 있어?"

솔직히 다 말했다. 학교가 너무 멀어서 다니기도 힘들고, 체조부 친구들은 다 크고 작은 대회 출전 준비를 하고 있는데 나에게는 그런 기회조차 주어지지 않고, 사실 내 실력이 너무 형편없어서 대회는 꿈도 꿀 수 없고, 결정적으로 나에게는 최소한의 재능도 없다고. 내 대답이 너무 솔직했는지 엄마는 한동안 벌어진 입을 다물지 못했다.

1990년 가을, 4학년 2학기가 시작될 때, 나는 전에 다니던 학교로 다시 전학을 왔다. 자연스럽게 체조도 그만두었다. 뱁새가 황새 쫓아가다가는 가랑이가 찢어지는 법이다. 어쩌면 그때 나는 진짜 가랑이가 찢어졌던 건지도 모르겠다.

다시 전학을 왔더니 학교에는 내가 전국체전에 나가기 위해 연습하다가 심각한 부상을 입어 다시는 체조를 할 수 없게 되었다는 소문이 돌았다. 내가 냈다. 그리고 소문에 부응하기 위해 우울하고 사연 많은 얼굴을 하고 다녔다. 혜선이와는 재전학 이후로 한 번도 같은 반이 되지 않았고, 복도에서 마주치면 어색하게 미소를 짓고 지나치는 사이가 됐다.

수업을 마치고 집에 가다가 문득, 연락도 없이 체조 학원에 들렀다. 계단에서부터 요란한 음악 소리가 들렸다. 문을 빼꼼 열어보니 아줌마들의 에어로빅 타임이었다. 끝날 때까지 문밖에서 기다릴까 하다가 마땅히 앉을 곳도 없고 계단도 비좁아 그냥 학원 안으로 들어갔다. 조용히 걸음을 옮겨 창가에 자리를 잡고 앉았는데도 원장은 나를 보지 못했다.

원장은 땀을 뻘뻘 흘리면서 음악에 맞춰 신나게 몸을 움직였다. 큰소리로 런지! 리프! 킥! 킥! 킥! 하며 동작을 설명하는 것도 여전했다. 격렬한 동작들이 끝나고 천천히 심호흡을 하면서야 거울을 통해 눈이 마주쳤고, 원장은 큰 소리로 내 이름을 부르며 반가워했다. 음악은 계속 흐르고, 에어로빅을 하던 아줌마들이 엉거주춤 동작을 이어가고 있는데, 원장은 마니야, 마니야, 계속 부르며 오라고 손짓했다. 지금 이 아줌마들 앞으로 나오라는 건가. 원장의 손짓이 무슨 뜻인지 정확히 알 수는 없었지만 일단 앞으로 나갔다. 원장은 나를 와락 끌어안고는 아줌마들에게 자랑스럽게 나를 소개했다.

"작년에 우리 학원에서 체조 배운 학생이에요. 지금은 체조 명문학교에 다녀요. 얼굴 잘 봐두세요, 나중에 올림픽 나올 거니까."

아줌마들은 박수를 치며 환호해줬다. 순진한 나의 스승님, 지금은 체조 명문학교에서 나왔고, 올림픽에 나갈 일도 없을 거예요. 나는 이 많은 아줌마들 앞에서 솔직히 말할 자신이 없었다. 내가 쪽팔린 건 둘째 치고 스승의 얼굴에 먹칠을 하는 일이기 때문이다.

아줌마들이 돌아가고 나자 원장은 코마네치를 처음 만나던 그날처럼 배고프지 않느냐고 물었다. 원장의 스테이크는 다시 먹어보고 싶었지만 나는 배고프지 않다고 했다. 원장은 흐뭇한 얼굴로 내게서 눈을 떼지 못하며 내 머리를 자꾸만 쓰다듬었다.

"힘들지?"

나는 좀 망설이다가 솔직히 털어놓았다. 사실은 체조를 그만두었고 전에 다니던 학교로 다시 전학을 왔다고. 원장은 엄마보다 더 실망한 얼굴을 했다. 늘 조곤조곤 차분하던 원장이 놀라서 말도 제대로 잇지 못했다.

"대체 왜? 그렇게, 힘들게 연습했는데."

차마 그 이유까지 솔직히 말할 자신이 없었다. 학교에서 했던 것과 똑같은 거짓말을 했다. 연습을 하다가 다쳤다고. 그래서 더 이상 체조를 할 수 없게 됐다고. 내가 이렇게 말하고 고개를 숙이면 친구들은 아차, 하는 얼굴로 입을 다물었다. 그런데 원장은 더 놀란 얼굴을 하고 물었다.

"어디를? 어쩌다? 얼마나 다쳤는데?"

아, 미처 생각하지 못했다. 내가 어디를 다쳤을까. 순간 김초롱의 얘기가 생각났다. 나는 연습하다가 발목 인대를 다쳤는데, 대회 준비하느라 제대로 치료를 못 받았더니 염증이 생겼고, 그 와중에 같은 곳을 또 다쳐 손쓸 수 없는 상태가 됐다고 더듬더듬 말했다. 무슨 연습을 하다가 그랬느냐, 병원은 어디로 다녔냐, 수술은 했냐고 물을까 긴장했는데 다행히 원장은 아무것도 묻지 않았다. 대신 부드럽게 내 등을 토닥이며 발목은 금방 괜찮아질 거라고 위로해주었다. 사실 발목은 괜찮다. 괜찮지 그럼, 다친 적이 없는데. 괜찮지 않은 건 마음이었다.

"나도 부상 때문에 무용 그만뒀거든."

그랬구나. 그래서 이런 변두리의 전방위 무용 학원 원장이 되었구나. 어린 시절의 원장은 분명 오전에는 동네 아줌마들에게 에어로빅을 가르치고 오후에는 나 같은 천둥벌거숭이에게 체조를 가르치는 삶을 꿈꾸지 않았을 것이다. 그 삶이 가치 없다는 뜻은 아니다. 당연히 자신이 선택한 무용을 잘하고 싶고, 계속하고 싶고, 무용으로 성공하고 싶지 않았을까.

내가 아는 모든 어른은 어린 시절의 꿈을 이루지 못했다. 원장도 그렇고, 코치도 그런 것 같고, 자세히 얘기를 나눠본 적은 없지만 엄마와 아버지도 아마 다른 꿈이 있었을 것이다. 그리고 나도 꿈을 이루지 못한 어른 중 한 명이 되었다. 어쩌면 어른이 된다는 것은 실패 이후의 삶을 살아낸다는 뜻인지도 모르겠다.

원장에게 궁금한 게 많았지만 나도 안 물었다. 어디를 어쩌다 얼마나 다쳤는지. 그래서 지금 후회하지는 않는지. 무용을 시작했던 것에 대해, 다칠 만큼 열심이었던 것에 대해, 그럼에도 포기했던 것에 대해. 진짜 발목이 저려 왔다. 나도 모르게 무릎을 굽히고 발목을 만지고 있는데,

원장이 그런 나를 물끄러미 보다가 말했다.

"그래도 아예 버리지는 마."

"예?"

"체조 말이야. 완전히 포기하지는 말라고."

태어나 처음 가져본 꿈을 스스로 내려놓은 열한 살에게는 이해할 수 없는 말이었다. 아직 실패라고 단정 짓지 말라거나, 최선을 다했으니 후회하지 말라거나, 그도 아니면 취미로 계속하면 되지 않느냐 그런 말은 하지 말아주세요. 전 완벽하게 실패했고, 최선을 다하지도 못했고, 이런 고급 취미를 가지고 살 수도 없으니까요. 나는 그냥 피식 웃었다.

"꼭 선수를 하는 것만 방법은 아니야. 이론 공부를 해보는 것도 괜찮아. 관련 협회나 기관이나 업체 들도 많이 있으니까. 하다보면 다른 길이 보일 수도 있고, 다른 기회가 생길 수도 있어. 마니는 아직 어려서 이런 생각까지는 안 해봤겠지만, 살다보면 정말 좋아하는 일을 만나는 게 쉽지 않거든."

저는 체조 선수가 되고 싶었던 거예요. 체조 선수가 되어서 올림픽에도 나가고 메달도 따고 그런 거요. 꼭 선수를 하는 것만 방법이에요, 라고 이번에도 생각만 했다. 진심이 꽉꽉 담긴 원장의 맑은 눈을 보며 차마 그런 말을 입 밖으로 낼 수가 없었다.

아무튼 가끔 나는 방문을 잠가놓고 혼자 옆구르기를 했다. 잊을 만하면 익숙한 이름들의 메달 소식이 들려왔고, 방구석에서 옆구르기를 하는 게 무슨 짓인가 싶었다. 그때는 정말 어렸고, 원장의 말이 무슨 뜻인지 몰랐고, 나는 체조와 점점 멀어져갔다.

암호처럼 띄엄띄엄

　우연히 길에서 어릴 적 친구를 마주친 적이 있다. 얼굴만 익숙할 뿐 도무지 이름이 떠오르지 않았는데, 그 친구는 단박에 내 이름을 부르면서 반가워했다. 나는 솔직하게 이름은 기억이 안 난다고 말했다.

　"나 지선이잖아. 이지선."

　"아, 맞다! 지선이."

　모르겠다, 지선아. 미안하다.

　"내 이름이 너무 평범하지. 넌 이름이 특이해서 기억하고 있어. 애들이 코마네치하고 이름도 비슷하고 체조 선수라는 것도 똑같다고 막 그랬는데. 지금도 체조 해?"

　지선이는 올림픽이나 전국체전이나 아무튼 텔레비전에서 체조 경기를 중계하면 내 이름이 나오지 않는지 유심히 살펴봤다고 한다. 별로 친하지는 않았나보다. 나의 짧은 체조 경력이 어떻게 끝났는지 모르는 걸 보면. 나는 부상 때문에 체조를 그만둔 지 한참이라고 대답했다. 반사적으로 '발목 인대 부상'이라는 말이 툭 튀어나왔다. 나이가 들면 어렸을 때의 실수나 가난, 무지의 기억이 그냥 추억이 되곤 한다. 그래서 지난 일에 대부분 솔직할 수 있는데 체조 문제만큼은 이십 년이 넘도록 솔직해지지 않았다. 지선이는 그랬구나, 라고 위로하듯 어깨를 토닥였다. 나는 거짓말을 한 것도 마음에 걸리고, 괜한 위로도 뻘쭘해서 다른 얘기를 꺼냈다.

"너도 아직 여기 살아? 근데 왜 그동안 한 번도 못 마주쳤지?"

"아, 친정에 잠깐 왔어."

친정. 친정이라…… 여기서 초등학교를 다녔고, 부모님이 아직도 여기 사신다는 걸 보면 지선이도 나처럼 쭉 이 동네에서 자란 것 같은데. 평생을 살아온 자기 집을 '친정'이라고 부르는 건 어떤 기분일까. 뭐라고 대화를 이어가야 할지 몰라 우리는 어색하게 웃으며 고개만 끄덕거리다 황급히 헤어졌다. 다시 언덕을 오르며 코마네치를 생각했다. 코마네치 이름 참 오랜만에 듣네. 코마네치는 살아 있으려나. 살아 있겠지. 워낙 어렸을 때 유명해져 그렇지 알고 보니 우리 엄마보다 어렸는데.

아버지는 스포츠 중계를 많이 봤다. 그렇다고 아버지가 스포츠에 일가견이 있거나 관심 가지는 종목이 있거나 특별히 응원하는 팀이 있었던 것은 아니다. 그저 남자는 스포츠를 봐야 한다고 생각하는 듯했다. 아버지가 스포츠를 보고 있으면 엄마가 와서 꼭 뉴스나 음악 프로그램이나 드라마로 채널을 돌렸는데, 그러면 아버지는 또 아무 말 없이 엄마가 틀어놓은 방송을 보았다. 사실은 스포츠에 대해 잘 모르는 아버지와 스포츠에 대해 잘 모르기 때문에 스포츠 중계만은 안 보겠다는 엄마와 공부 안 하고 텔레비전을 볼 수 있다면 프로그램을 가리지 않는 내가 한마음으로 스포츠 중계를 볼 때가 있었다. 올림픽이었다. 우리는 갑자기 애국자가 되어 우리 선수들을 응원하고, 종합 순위도 열심히 챙겼다. 규칙도 모르면서 선수를 욕하고, 감독을 욕하고, 심판을 욕했다. 올림픽이 열릴 때마다 아버지는 옛 추억을 떠올리듯 아련한 표정으로 말했다.

"하여간 운동은 빨갱이 놈들이 잘했는데."

"왜요?"

"왜긴 뭐가 왜야. 옛날 소련 있을 때 생각해봐. 소련이 맨날 일등 했잖아. 소련, 동독, 헝가리, 루마니아…… 메달이란 메달은 빨갱이들이 죄다 쓸어갔었어."

"그러니까 왜 빨갱이들이 운동을 잘하느냐구요."

"훈련을 많이 시키니까 그랬겠지."

그때 옆에서 듣고 있던 엄마가 끼어들었다.

"메달 못 따오면 다 아오지탄광으로 끌려가니까 그래. 자기만 끌려가는 게 아니야. 부모, 형제 들도 줄줄이 잡혀간대."

어지간하면 엄마의 말에는 토를 달거나 대꾸하지 않는 아버지가 답답함을 참지 못하고 말했다.

"소련에 무슨 아오지탄광이 있어? 아오지탄광은 북한에 있는 거야!"

"소련에도 그 비슷한 게 있었겠지, 이름은 아오지 아니라도. 메달 못 따면 어디든 끌려갈 거 아니야. 그러니까 그렇게 죽기 살기로 하지."

아버지는 뭔가 말하려다 하아, 하고 한숨을 쉬고는 돌아앉았다. 나는 좀 섬뜩한 기분이 들었다. 정말 소련에도 아오지탄광 같은 데가 있겠구나. 아오지탄광은 나도 많이 들어봤다. 〈똘이장군〉에도 나왔다. 할당된 노동량을 채우지 못하거나 반항하는 사람들은 모두 아오지탄광으로 끌려가 쉬지도 못하고 일했고, 늑대 모습을 한 공산당들은 사람들을 감시하고 채찍질했다. 어린 마음에 북한이 정말 무서웠고, 아오지탄광은 북한에서도 제일 무서웠다. 내가 자랄 때만 해도 반공교육이 제법 촘촘해서 이런 생각이 이상한 것도 아니었다.

엄마와 아버지의 아오지 논쟁을 보면서 나는 코마네치를 생각했다. 운동 선수들이 대부분 그렇듯 코마네치 역시 나이를 먹으며 기량이 점점 하강곡선을 그리다가 자연스럽게 은퇴했을 줄 알았다. 젊어서 벌어놓은 돈으로 여유로운 노년을 보내다가 영화에서 많이 본 뚜껑 열린 관에 들어가 누웠으려니 했다. 그때는 코마네치가 죽은 줄 알았으니까. 그런데! 그런데 코마네치의 나라, 루마니아도 소련 같은 공산주의 국가가 아니었던가. 나는 설마 코마네치가 아오지탄광, 이름은 물론 아오지가 아니겠지만, 그 비슷한 탄광에 끌려가 비명횡사한 것은 아닐까 암담해졌다. 그 가냘픈 소녀가 석탄을 캐면 얼마나 캔다고. 루마니아에서 석탄이 나오는지 가스가 나오는지도 모르면서 분개했다.

다음 날, 등교하자마자 교실에 책가방을 던져두고 도서관으로 달려가 코마네치에 관한 책들을 찾았다. 모두 몬트리올올림픽까지만 적혀 있었다. 사람들의 관심이란 이렇게 순간이다. 나는 어렵게 스포츠 잡지 귀퉁이에서 은퇴 이후 코마네치의 사진을 한 장 찾을 수 있었다. 안도, 그리고 실망.

내가 체조부를 목표로 에어로빅 학원에서 연습에 매진하던 1989년 11월, 코마네치는 헝가리와 오스트리아를 거쳐 미국으로 망명했다. 내가 본 사진은 미국 입국 당시 JFK 공항에서 찍힌 것이다. 일단, 아오지 탄광에 끌려가지 않은 것은 다행이었다. 하지만 나의 전생, 나의 뮤즈, 나의 요정, 코마네치는 내 예상과 너무 다른 모습이었다. 검푸른 청재킷을 입고, 굵은 금귀걸이를 하고, 얼굴에는 꽃분홍색으로 넓게 볼터치를 펴 발랐다.

그때는 우리 엄마도 볼터치를 안 했다. 눈두덩에 바르는 오렌지색 아이섀도를 약지 끝에 묻혀 광대를 톡톡 두드리던 엄마의 화장 마지막 단계가 어느 날부턴가 생략되었다. 요새는 왜 볼에 눈화장 안 하냐고 묻자 엄마가 손을 내저으며 답했다.

"아우, 촌스럽게."

그럴 때였다. 모든 유행이 그렇듯 화장 트렌드도 돌고 돌다 돌아오기도 하겠지만, 그때는 분명 촌스러운 거였다. 나는 조금 실망했다. 왜. 왜 그런 발랄한 옷, 과한 화장, 어색한 웃음. 눈물이 날 것 같았다.

그때 루마니아는 차우셰스쿠의 독재정권 아래 있었고, 국민들이 끼니를 걱정해야 할 정도로 경제도 엉망이었다. 어차피 죽는 것만 못하게 살던 사람들은 다뉴브 강을 통해 헝가리로 마구 넘어갔다. 루마니아 정부는 그들에게 무자비한 총격을 가했고, 아름다운 다뉴브 강은 죽음의 강이 되었다. 국민영웅이던 코마네치도 별다른 보상이나 지원을 받지 못했다고 한다. 와중에 차우셰스쿠와 그의 아들에게 성노리개 취급을 당했다는 소문까지 떠돌았고, 코마네치는 결국 루마니아를 떠났다. 곧 독재자 차우셰스쿠는 반역과 살인 혐의로 사형을 선고받고 총살당

했다. 크리스마스였다.

망명 이후에도 코마네치의 삶은 평온하지 않았다고 한다. 어떤 분야에서 일찌감치 두각을 나타낸 많은 영재들이 그렇듯 코마네치 역시 체조 이외의 평범한 생활은 경험할 기회가 없었을 것이다. 게다가 영어도 못하는데 미국이라니. 사기꾼들이 말도 못하게 들러붙었다. 그래도 고생 끝에 낙이 온다고 결국 좋은 남자 만나 애도 낳고 후배 양성에 힘쓰며 지금은 동화의 마지막 장면처럼 잘 살고 있다고 한다.

어쩐지 나는 이 해피엔딩마저도 슬프게 느껴졌다. 나는 코마네치가 나와 다른 시간과 공간을 살았던, 내가 닿을 수 없는, 환상이라고 생각했다. 그런데 그녀가 나처럼 이 비루한 현실에 발딛고 있다. 코마네치 역시 파란만장한 역사에 휘둘리고 세상의 풍파에 흔들리며 그 안에서 살아남으려 몸부림친, 엄마 식대로 표현하자면 팔자 센 여자였다. 코마네치의 사진 한 장은 오래도록 나를 가슴 아프게 했고, 옛 애인을 잊으려는 듯 나는 애써 그녀의 소식을 외면하며 살았다.

번듯한 직장이라고는 아무래도 말할 수 없는 여러 일터를 짧게 짧게 전전하던 시절이었다. 어느 일요일 오후, 아침 겸 점심으로 엄마와 짜장라면을 끓여 먹으며 이리저리 티브이 채널을 돌리는데 잠깐, 코마네치가 지나갔다. 다시 정신없이 리모컨 버튼을 눌렀다. 광고였다. 중년의 코마네치가 광고를 찍은 것은 아니고, 내가 전율하며 보았던 1976년 몬트리올올림픽의 이단평행봉 경기 장면이었다. 그런데 화면 안으로 코마네치 말고 또 다른 여자 선수 한 명이 들어왔다. 나스티아 리우킨. 삼십 년 전의 코마네치처럼 당시 미국에서 체조 요정이라 불렸던 선수다. 코마네치와 리우킨은 하나의 평행봉에서 환상적인 앙상블 연기를 보여주고, 착지 후에는 서로를 바라보며 해냈다는 눈빛을 교환한다. 물론 합성이었지만 두 사람의 표정과 시선, 고개의 방향이 무척 자연스러웠다.

광고는 이런 내레이션으로 끝맺는다. "할 수 있다고 믿으면 할 수 있어. 불가능, 그것은 아무것도 아니다." 하. 믿으라는 말은 교회나 절에 가서 하세요. 믿는 건 마음이고 하는 건 몸이라고요. 나는 이런 말을 좋아하지 않는다. 간절히 원하면 이루어진다거나, 노력은 배신하지 않는다거나, 가장 중요한 것은 의지라거나, 뭐 그런 말들. 아무것도 손에 쥔 게 없는 나에게는 결국 네가 간절히 원하지 않았고, 노력이 부족했고, 의지가 없었다는 힐난으로 들렸다. 나는 그런 사람이 되어 있었다.

비아냥대면서도 나는 광고 동영상을 다운받아 집에서도, 회사에서 일하면서도 한 번씩 보았다. 이어폰을 꽂고 음악과 내레이션을 듣고 있으면 옛 기억들이 스멀스멀 올라왔다. 되도록 생각하지 않으려고 노력하며 살았다. 내 인생에서 통째로 지워버리고 싶던 순간들. 그때의 나를 생각하면, 물론 실제로 나이가 어리기도 했지만, 그래도 너무 어리고 철이 없었다. 부끄러웠다. 하지만 매일매일 코마네치의 동영상을 보면서 실은 그 시절을 그리워하고 있다는 사실을 깨달았다. 진짜 부끄러운 것은 체조 선수를 꿈꾸며 에어로빅 학원에 다니던 열 살의 내가 아니라 그 시간들을 부끄럽게만 기억하는 스물다섯의 나였다.

한때 나의 영웅이었던 나디아 코마네치. 시간이 흘러 그녀의 나라와 그 나라의 신념과 그녀의 삶도 몰락했고, 그녀는 그저 그런 옛날이야기처럼 별 감동도, 교훈도 없이 사람들에게 잊혀졌다. 하지만 내 인생에는 이런 식으로 한 번씩 코마네치가 끼어들어 왔다. 그녀의 뜻은 아니겠지만, 아닌 정도가 아니라 코마네치로서는 금시초문이겠지만, 나에게 코마네치는 어떤 의미가 되었다. 자극이랄까, 주의 환기랄까, 뭐 그런 것. 졸고 있는 뇌를 깨우는 것. 인생이라는 게 살다보면 그냥저냥 살아지게 마련이라 가끔 이렇게 발자취를 확인하고 내 위치를 점검할 필요가 있다. 안다고 달라질 건 없지만, 뭐, 그래도 모르고 사는 것보다는 낫지.

결국 동의서는 아버지가 받아오셨다. 아버지는 정말 사무실이고 뭐고 다 작살 낼 생각으로 떡볶이 국자를 하나 가지고 가셨다고 한다. 나와 이야기를 나누었던 사람으로 추정되는 어린 직원은 다 원칙이 있고 절차가 있는데 마음대로 동의서를 빼줄 수는 없다며 울 것 같은 얼굴로, 일단 그 국자 내려놓고 말씀하세요, 만 반복했단다. 그때 아버지와 함께 파출소에 다녀왔던 김 선생이 사무실에 들어왔고, 커다란 국자를 한참 보다가는, 어쩔 수 없다는 듯 동의서와 각종 서류들을 돌려주었다. 다른 조합원들에게는 절대 말하지 말라고 신신당부하면서. 아버지의 무용담을 듣고 있으려니 영화의 한 장면이 아스라하게 떠올라 겹쳐졌다. 조합 사무실은 은행, 아버지는 은행 강도, 국자는 총. 무려 범죄 느와르라니. 아버지와 엄마는 진지했는데 나는 웃음이 터졌다.

"국자가 그렇게 위협적인 무기가 될 줄은 몰랐네요."

"업소용 국자니까. 맨날 보던 국자하고는 사이즈가 전혀 다르잖니. 익숙하던 게 갑자기 다른 색깔이나 다른 크기로 나타나면 사람들은 겁을 먹게 되어 있다."

아버지, 그 사람들은 국자가 무서웠던 게 아니라 국자를 들고 나타난 아버지의 막무가내가 무서웠던 거예요. 아무튼 우리는 무사히 동의서를 돌려받았다.

며칠 뒤 어느 날 저녁, 엄마와 밥을 먹고 있는데 내 휴대전화가 울렸다. 아버지였다.

"여보세……"

전화기 너머의 아버지는 내가 대답을 미처 마치기도 전에 황급히 말했다.

—듣기만 해라.

"에?"

—엄마랑 같이 있나?

"예."

—그럼 대답만 해라.

아, 오늘도 영화 한 편 찍으시려나보네.

—오늘 아버지가 일찍 가게 문 닫을 생각이다. 저녁 시간 끝나면 그냥 접을 거야. 실은, 지금 한참 저녁 시간인데 손님이 없구나.

잠시 침묵.

—여덟 시에 큰길가 맥줏집에서 보자. 술 한잔 하자. 아버지가 할 말도 있고. 알았지?

"예에."

—끊는다, 엄마한테는 말하지 마라.

뚝.

엄마는 나를 물끄러미 쳐다보고 있었다.

"무슨 전화야?"

"응? 어. 전에 같이 일하던 미스 송 있지? 미스 송이 있다가 술 한잔 하자네. 이 근처에 올 일이 있다고."

엄마는 숟가락을 고쳐 쥐더니 어이없다는 눈빛으로 나를 보았다.

"미스 송? 너보다 여섯 살인가 어리다던 그 미스 송?"

"으응."

"너 전화 받고 딱 두 마디 하더라. 예, 예."

아차. 내가 미처 변명을 생각하지 못하고 머뭇거리는 사이, 엄마가 한 숨을 쉬며 말을 이어갔다.

"으이그, 이 모자란 년. 자기 밑에 데리고 있던 사람한테 말도 못 놓 고. 그렇게 만만하게 보이니까 너 먼저 잘린 거야. 걔는 안 잘렸지?"

"응. 뭐, 근데 미스 송도 아슬아슬한가봐. 회사가 워낙 상황이 안 좋아 서."

나는 고개를 숙이고 묵묵히 밥만 먹었다. 만나기로 한 사람이 미스 송은 아니지만 엄마의 말이 틀리지는 않았다. 나는 모자라고, 만만하고, 미스 송보다 먼저 잘렸다. 저녁을 다 먹고 입던 그대로, 낡은 트레이닝 복에 단추가 하나는 떨어지고 하나는 모가지를 길게 빼고 늘어진 두툼 한 카디건을 걸치고 대문을 나서자 엄마가 한마디 했다.

"옷이나 좀 챙겨 입고 나가지! 집에서 노는 거 자랑하냐? 그 아가씨 는 퇴근길이면 제대로 챙겨 입고 올 텐데, 비교되잖어!"

"됐어, 집 앞인데 뭐."

그리고 멀어지는 나를 향해 마지막으로 소리쳤다.

"술값은 내지 마라, 응? 너 요즘 돈도 안 벌잖아, 응?"

여덟 시가 되기 전에 맥줏집에 도착했다. 아버지는 나보다 먼저 와서 맥주를 마시고 있었다. 안주도 없이 혼자 일천 시시 피처를 시켜서 컵에 따라 마시고 있다. 김빠지게. 오백을 시키시지. 나는 아버지 앞에 말없이 앉았다. 가까이 보니 아버지도 참 많이 늙었다. 살면서 아버지와 마주 앉아 술을 마시는 날이 오리라고는 생각지도 못했다.

"왜 안주도 안 시키시고……"

"떡볶이랑 튀김이 많이 남아서 주워 먹었더니 생각이 없다."

칠순을 바라보는 아버지가 혼자 떡볶이 국물에 튀김을 찍어 먹는 모습을 생각하니 짠하기도 하고 우습기도 했다. 괜히 내 탓인 것 같아 마음이 안 좋았다. 그리고 어색한 침묵.

"너도 한 잔 해라."

아버지가 내 잔에 맥주를 따라주었다. 나는 두 손으로 잔을 꼬옥 감싸고 술을 받았다. 거품이 부글부글 일더니 넘치려고 했다. 나는 순간적으로 입을 갖다대고 후루룩 거품을 들이켰다. 마른 목구멍을 타고 넘어가는 맥주는 알싸하고 시원했다. 반사적으로 크, 하는 소리가 입에서 나왔다. 아버지 앞에서 너무 능청맞게 술을 마셔버린 것이 무안해 고개를 돌리고 얌전히 다시 한 모금 마셨다.

"편히 마셔라. 사실 나는 소주가 좋은데 너는 아무래도 맥주를 좋아하지 싶어서."

"뭐, 안주 하나 시킬까요."

"그러자. 너 좋아하는 걸로 시켜라."

이미 둘 다 배가 불렀고, 나는 마른안주들을 살펴보다 노가리를 골랐다. 한동안 말없이 술만 들이켰다. 내가 먼저 살갑게 이런저런 얘기를 해야 하는데 말은 입안에서만 맴돌고 한마디도 나오지 않았다.

"집을 팔까 하는데 어떻게 생각하냐?"

한참 만에 아버지는 본론부터 툭 던졌다.

"에?"

"집. 에휴, 저 애물단지. 재개발이니 뭐니 소리 나올 때부터 저건 집이 아니라 애물단지였어. 저거 팔고 이사 가버리자고."

"엄마는 아파트만 기다리고 있는데……"

또, 문제가 생겼다고 한다. 경기는 어렵고, 미분양 아파트가 속출하고, 금융권은 중도금 집단 대출을 거부하거나 금리를 올리고 있었다. 분양 시장이 안 좋아지니 S동도 조합과 건설사 사이가 틀어졌다. 조합장이 믿을 만한 사람이 아니라는 사실은 대부분의 동네 사람들이 알고 있었고, 건설사가 손을 떼려고 한다는 사실은 아직 부동산이나 조합에 깊이 관계가 있는 몇몇만 알고 있다. 아버지는 부동산 유씨 아저씨에게 들었다. 아직, 정말, 아는 사람이 거의 없단다. 그래서 조합이 위임장이니 동의서니 해가며 조합원들 발목을 잡으려고 했나. 그런데 엄마는 어쩌지? 이번에도 사업이 엎어진다면 엄마의 실망과 좌절과 박탈감과 분노는, 아, 어쩌지? 나는 또 그걸 어떻게 감당하지? 머리가 복잡해졌다.

"유씨가 비싸게 팔아줄 수 있다더라고. 아직 멋도 모르고 사려는 사람들이 있나보더라. 근데 금방 소문날 거래. 그러니까 얼른 팔아버리고 늬 엄마 소원이라는 아파트로 들어가면 어떻겠냐?"

늦은 밤 귀갓길, 시내버스나 1호선을 타고 창 너머를 내다보면 도시의 밤은 온통 빛나는 모눈종이였다. 그린 것처럼 일정한 네모 칸, 그 안에 암호처럼 띄엄띄엄 들어온 불빛들. 빛 하나가 꺼지고, 다른 빛이 켜지고, 또 다른 빛들이 꺼지고…… 저 노란 네모 한 칸이 뭐라고.

"우리 집을, 아무리 비싸게 판다고 해도 몇 푼이나 하겠어요. 이 집 팔아서 이사 갈 수 있는 아파트가 어딨겠어요."

"유씨가 소개해줘서 몇 군데 가봤다. 마음에 드는 데도 있었고. 버스 한 번만 갈아타면 서울 들어오는 것도 쉽더라고."

아. 서울에 '들어온다'. 그러니까 우리가 서울 밖으로 '나간다'는 거구나. 태어나 평생을 살아온 고향을 떠나게 될지도 모른다. 하지만 그게 뭐? 난 왜 서울을 떠날 생각은 못했던 걸까. 지금 서울에는 나와 관계있는 게 하나도 없다. 밤에는 자고, 낮에는 천장을 보면서 멀뚱멀뚱 딴생각을 하거나 맨손체조를 하거나 책을 읽다 졸다, 배고프면 밥이고 빵이고 라면이고 입에 넣는 생활. 서울이건 부산이건 인천이건 룩셈부르크나 부에노스아이레스라도 아무 상관이 없다.

"언제 그걸 다 알아보신 거예요?"

"손님 없을 때 짬짬이."

버스를 갈아타고 시외까지 나가서 부동산 들러 집을 보고 오는 시간을 과연 짬, 이라고 부를 수 있을 것인가. 정말 길고 긴 짬이었나보다. 여기 서울에서 가장 우울한 부녀가 노가리를 앞에 두고 마주 앉았다. 종일 가게를 비워도 종일 떡볶이를 뒤적일 때와 매상이 다르지 않고, 저녁마다 남은 떡볶이와 튀김을 뒤섞어 끼니를 때우는, 서울에서 가장 파리 날리는 분식집 사장인 아버지와 친구도, 애인도, 직장도 없어 언제 어디로 떠나도 상관없는 백수 딸. 노가리는 그대로고 술만 줄어들었다. 바짝 말라 딱딱하게 식어 굳어가고 있는 노가리. 아, 이런 노가리 같은 인생.

"아버지 생각대로 하세요. 저는 찬성이에요."

아버지는 고개를 끄덕끄덕하며 노가리를 하나 들어 입에 가져갔다. 우물우물 입에 노가리를 물고 아버지가 물었다.

"너한테 늘 궁금한 게 있었는데……"

갑자기 긴장됐다. 뭐지. 아버지는 몇 번을 머뭇머뭇하다 뭐냐고 여러 번 묻자 어렵게 다시 입을 열었다.

"왜 나를 아버지라고 부르니?"

순간 오만 가지 생각이 머리를 스쳐갔다. 취하셨나? 설마, 설마, 내가 아버지 딸이 아닌가? 드라마에나 나오는 출생의 비밀 같은 것? 엄마, 내가 아는 것보다 훨씬 멋진 청춘을 살았었구나!

"왜라뇨, 아버지? 아버지니까요."

"그러니까. 늬 엄마한테는 엄마라고 하면서 왜 나는 아버지라고 부르냐고. 넌 어렸을 때부터 나를 아버지라고 불렀잖아. 다른 딸들처럼 아빠, 라고 부르지 않고."

"아. 그거야, 뭐……"

나는 대답하지 못했다. 정말 왜 그랬을까. 내가 기억하는 가장 어렸을 때에도 나는 아버지를 아버지라고 불렀다. 다른 딸들처럼. 아버지의 그 한마디에 삼십여 년을 꾹꾹 눌러온 서운함이 느껴졌다. 그런데도 나는 다른 딸들처럼 살갑게 아빠라고 부르며 팔짱을 끼기는커녕 옆에 나란히 서지도 못했다. 태어나서 아버지와 가장 많은 대화를 나눈 날이었는데 아버지가 더 아득하게 느껴졌다. 팔순 노부부처럼 일 미터쯤 뒤떨어져 아버지를 따라 걸으며 집에 가는 내내 되뇌었다. 다른 딸들처럼, 다른 딸들처럼, 다른 딸들처럼.

파를 보고 다정하게 웃는 사람

갑자기 기온이 뚝 떨어진 아침, 밥상에 미역냉국이 올라왔다. 엄마는 보석처럼 제법 정교하게 커팅되어 사방으로 형광등 빛을 분산시키는 유리그릇을 들고 냉국을 벌컥벌컥 마셨다.

"한겨울에 웬 냉국이야. 안 추워?"

"그르게. 요즘 이상하네. 속에서 열이 확확 올라와."

"엄마 갱년긴가보다."

엄마는 손가락 끝으로 내 이마를 톡 밀쳤다.

"니 에미 곧 환갑이다. 근데 지금 갱년기겠냐? 노년기지. 에휴. 이러니 내가 열이 안 올라? 자식이라고 하나 있는 게 에미한테는 관심도 없지, 지가 갱년기 올 판에 시집도 안 갔지."

"결혼하지 말라며?"

"내가 언제 결혼하지 말래? 그냥, 생각을, 안 해봤다 그거지."

그거나 저거나. 미역냉국을 한 숟갈 떠서 입에 넣었다. 시큼하고 차가워 정신이 번쩍 드는 게 일부러 아침부터 먹이는 건가 싶은 생각이 들었다. 심지어 매운 고추를 썰어 넣었는지 코끝이 찡하며 혀부터 목과 배 속까지 얼얼해졌다. 혀를 쭉 빼물고 잠시 멍하니 있는데, 엄마가 또 냉국을 그릇째 들고 마셨다. 뭔가 알고 있나. 아버지와의 비밀회동 이후 나는 괜히 엄마의 눈치를 살피게 됐다. 엄마를 보쌈해갈 수는 없는 일이다. 어쨌든 엄마에게 전후사정을 잘 이야기하고 동의를 받아야 하는데, 아버지도 나도 모른 척 미루고만 있었다.

미역냉국은 저녁상에도 올라왔다. 밤공기는 아침보다 더 싸늘했고, 얇은 누비점퍼를 걸치고 나간 아버지가 어깨를 잔뜩 움츠린 채 막 집에 돌아온 참이었다. 엄마는 그런 아버지 앞에 얼음까지 동동 띄운 냉국을 내려놓았다. 아버지는 아무 말 없이 냉국 한 그릇을 깨끗하게 비웠다. 그러고 보면 아버지는 무심한 듯 귀찮은 듯 손걸레질이나 다리미질, 냉장고 청소, 신발장 정리같이 맘먹고 챙겨야 하는 집안일들을 자주 했는데, 요리만은 하지 않았다. 그리고 엄마의 음식에 못마땅한 기색을 비친 적이, 내 기억으로는 단 한 번도 없다. 맛이 있건 없건, 양이 많건 적건, 같은 메뉴가 두 번, 세 번, 네 번 밥상에 올라도 차려주는 음식을 모두 깨끗하게, 맛있게 먹었다. 내가 반찬투정을 하면 엄마는 별말 없이 입을 삐죽거리고 마는데, 오히려 아버지는 꼭 꾸지람을 했다.

"싫으면 니가 해먹어."

그러고는 엄마를 향해 말했다.

"앞으로 쟤 밥 차려주지 마."

서른 살 때도, 스무 살 때도, 열 살 때와 그보다 더 어릴 때도 그랬다. 예닐곱 살 즈음이었던 걸로 기억하는데, 아버지의 말에 너무 서러워진 나는 이렇게 어린데 어떻게 밥을 하냐고 말대꾸했다가, 못하면 차려주는 대로 감사히 먹으라고 눈물이 쏙 빠지게 혼났다. 그래도 나는 꾸준히 반찬투정을 했고, 다 자라 외식할 기회가 많아지면서는 엄마가 차려내는 단조로운 밥상이 지겨워 또 투덜거렸다. 혼자 있을 때 라면 끓여 먹는 것 아니면 가스레인지 밸브 한번 여는 법 없으면서. 내가 이렇게 인간이 덜됐다.

가장 먼저 식사를 마친 아버지가 국그릇 위에 밥그릇을 겹쳐 담으며 말했다.

"내일 집 보러 부동산에서 올 거니까 집 비우지 마."

아, 아버지. 그렇게 갑자기 대놓고. 전후 사정을 아는 나는 당황했지만 아무것도 모르는 엄마는 태연했다, 아직까지는.

"응? 뭐? 누가 뭘 보러 어딜 와?"

"이 집 내놨다. 살 사람도 있어. 살려고 사는 건 아닌데 그래도 한 번 와서 본다니까 상 치우고 청소 좀 하자."

"도대체 무슨 소리야. 살려고 사는 게 아니라고? 누가 죽어?"

아, 엄마. 이렇게 눈치가 없고. 아버지는 고개를 살짝 숙이고 목소리를 낮춰 말했다.

"또 엎어진다더라, 재개발인지 뭔지. 우리만 알고 있자."

아버지의 긴 설명이 이어졌다. 의외로 엄마는 화를 내지도 않고 아버지의 말을 끊거나 되묻지도 않고 끝까지 차분히 얘기를 들었다. 그러고는 담배 연기를 내뿜듯 입을 동그랗게 모아 내밀고는 후우, 하고 길게 숨을 내뱉었다. 잠깐 정적. 나는 입을 꽉 다물고 엄마 한 번, 아버지 한 번, 엄마 한 번, 아버지 한 번 번갈아 보았다. 곧 엄마는 손을 무릎에 탁탁 털더니 벌떡 일어섰다.

"그래. 청소하자. 당신은 밥상 들고 나오고, 마니는 밥 먹은 자리 닦아."

응? 아무렇지도 않아, 엄마? 아버지와 나는 약간 어리둥절한 채로 일단 엄마의 지시를 따랐다. 나는 방구석에 짜놓은 모양 그대로 돌돌 말려 있는 걸레를 집어들었고, 아버지는 밥상을 들고 엄마 뒤를 따랐다. 그때 엄마가 갑자기 멈춰 서 돌아보며 아버지에게 물었다.

"근데 그걸 당신 혼자 알고, 당신 혼자 정한 거야? 왜? 내가, 마니가, 이 집이, 당신 거야? 당신 마음대로 해도 되는 거야?"

아버지는 밥상을 다시 내려놓고 서서는 두 손을 가지런히 모으고 말했다.

"그래서 지금 당신한테 허락받는 거잖아. 집 팔자. 그래도 될까?"

"당신 하는 거 봐서."

엄마가 설거지를 하는 동안 아버지는 티브이 선반과 서랍장 위에 뽀얗게 먼지가 쌓인 채 너저분하게 늘어져 있는 고지서들이며 카드명세서, 손톱깎이, 화투상자, 오래된 물파스, 사인펜과 가위 들을 서랍 안으로 쓸어담았다. 나는 손걸레를 들고 아버지 뒤를 따라다니며 티브이 선반과 서랍장 위, 창틀과 스위치 커버까지 꼼꼼히 닦았다.

이 집에서 태어나 평생을 살았다. 이사와 관련된 모든 일들은 다 처음이다. 집을 사려고 살피러 오는 사람에게 집을 잘 팔기 위해서는 무엇을 준비해야 할까. 그러고 보니 이 집을 살 사람은 얼른 허물어지기를 기대하고 있을 텐데 청소가 다 무슨 소용인가.

부동산 유씨 아저씨를 따라온 사람은 사십 대 후반 정도의 조용하고
점잖은 남자였다. 남자는 마당에 서서 주위를 한번 둘러보고 대문을 당
겼다 밀어보고 마당의 개집 안을 조심스레 들여다볼 뿐, 우리가 어제
열심히 치우고 닦은 현관 안으로는 들어오지도 않았다. 엄마와 나는 그
냥 멀뚱멀뚱했는데, 유씨 아저씨가 엄청 부끄러워하며 어쩔 줄 몰라 했
다. 낡아도 더러워도 좁아도 우리 집인데 왜 저 아저씨가 저렇게 안절
부절못해할까.

"곧 헐릴 집인데 뭐하러 굳이 와보신다고. 하하하."

"어떤 집인지, 어떤 분들이 사시던 곳인지, 나하고 인연이 될 곳인지
와서 살펴봐야죠. 이렇게 보니 집도 깨끗하고, 어머님도 인상이 좋으시
고. 복이 많은 곳이겠다 싶네요."

솔직히 이 집이 깨끗하진 않죠, 아저씨. 그리고 복이 많은 곳이면 우
리가 이렇게 살고 있겠어요? 뭐, 빈말이라도 듣기 나쁘진 않지만.

투자용으로 사는 거라고 들었는데, 마치 처음으로 내 집 장만을 하는
가난한 가장처럼 벅차고 조심스러운 얼굴이었다. 대문도 한 번 쓸어보
고, 마당 수돗가의 옛날식 수도꼭지를 돌려보기도 하고, 현관 앞에 놓인
파 화분을 보고 빙긋 웃기도 했다. 유씨 아저씨는 쓸데없이 파를 조금
뜯어 앞니로 잘근잘근 씹다가 인상을 팍 찌푸리며 에페, 에페, 페, 페,
하고 몇 번에 걸쳐서 뱉어냈다. 유씨 아저씨의 방정을 보며 남자는 그
저 입꼬리만 조금 당겨 여유롭게 웃었다.

다른 재개발 지역에도 빌라와 주택을 몇 채 가지고 있는 모양이다.

그렇다고 전문 투기꾼은 아니고 그냥 평범한 직장인이란다. 한창 부동산 시장이 좋을 때 여윳돈으로 투자했던 아파트가 몇 년 만에 두 배로 뛰는 것을 경험한 후, 일반 매매는 물론이고 경매, 분양 등 다양한 방법으로 아파트와 오피스텔 들을 사들이고 되팔아 엄청나게 재산을 불렸다고 한다. 지금은 누구라도 부동산 시장에 대해 장밋빛 전망만을 내놓을 수 없는 상황이지만 남자는 투자를 멈추지 못할 것이다. 성공한 경험이 너무 많았다. 사람이 자신의 경험에 반하는 결정을 내리기는 쉽지 않다.

"사모님, 따님, 아침 일찍부터 실례가 많았습니다. 계약할 때 두 분은 안 오시나요?"

"예, 애 아부지가 갈 거예요."

남자는 자기도 딸이 하나 있는데 요즘 사춘기인지 통 말을 안 해서 속을 모르겠다고 말하다가, 제가 왜 이런 얘기를 하고 있죠, 하고 허허 웃으며 쑥스러워했다. 그러고는 공손하게 고개를 숙여 인사하고 돌아갔다. 뒷모습마저 반듯하고 예의 발랐다. 돈 많은 누군가가 우리 집을 사서 자기네 아파트로 만든다고 생각할 때 느꼈던 거부감과 분노가 누그러졌다.

그날 아버지는 남자와 계약서를 쓰지 못했다. 오뎅 국물을 올리려고 뜨거운 물을 옮겨 붓다가 오뎅판을 받치던 걸쇠 하나가 부러지며 국물이 다리로 다 쏟아졌단다. 펄펄 끓고 있는 건 아니었지만 그래도 뜨거운 물이 한꺼번에 쏟아지면서 오른쪽 다리의 허벅지부터 발목까지 넓게 화상을 입었다. 아버지는 다친 부위를 찬물로 식히고, 가게 셔터 내려놓고, 내가 전학 가기로 한 날 그랬던 것처럼 혼자 택시 타고 병원에 다녀

와서야 우리에게 사고 소식을 전했다. 엄마는 왜 미리 전화하지 않았냐고, 괜찮은 거냐고, 그런데 부동산은 갔다 왔냐고 물었고, 아버지는 알수 없는 표정으로 엄마를 빤히 보다가 고개를 저었다.

반찬를 냈던 남자는 아버지가 병원에 간 사이 다시 회사로 돌아가야 했고, 부동산 문제로 몇 번 휴가를 냈던 터라 상사의 눈치가 보여 더 이상 휴가를 쓰지 못하고 있단다. 이미 이사 갈 아파트 계약을 마친 아버지는 마음이 급했다. 혹시 남자가 무슨 소리라도 듣고 마음을 바꾼 건 아닐까 조마조마해 몇 번이나 부동산 유씨 아저씨를 다그쳤다. 결국 유씨 아저씨가 억지로 시간을 조율해 밤늦게 세 사람이 부동산에 모일 수 있었다.

집값의 십 프로를 계약금으로 받았다. 중도금 같은 건 없다. 이사는 당장 일주일 뒤로 잡혀 있고, 그날 잔금을 한꺼번에 받고 소유권을 넘기기로 했다. 안전하지 못한 방식이지만 시간이 빠듯해 어쩔 수 없었다. 못 미더운 표정으로 엄마가 물었다.

"우리, 집 날리거나 돈 떼이지 않겠지?"

"그런 일 없으라고 부동산 끼고 거래를 하는 거지."

아버지는 자기가 대답해놓고 혼자 고개를 끄덕였다. 우리는 지금 불안하다. 반평생 장사를 한 아버지도 이렇게 큰돈 거래는 처음이다. 게다가 세 식구 자고 먹고 살아갈 집 문제다. 그리고 나는 마음이 이상했다. 우리는 중요한 정보 하나를 모르고 있는 남자에게 거액의—물론 우리 집이 호화주택은 아니지만 그래도 집값이 한두 푼은 아니니까—집을 얼른 팔아넘기려고 한다. 말하자면, 속이고 있다.

계약서를 쓴 다음 날, 나는 괜히 마음이 불편해서 집에서 나와 혼자 여기저기 걷다가 아버지의 가게에 들어갔다. 중학생 정도로 보이는 여학생 둘이 듣고 있기 민망할 정도의 욕설을 추임새나 감탄사쯤으로 여기는 듯 쉴 새 없이 쏟아내고 있었다. 가서 한마디 해주고 싶은 걸 참느라 어금니를 너무 꽉 물었더니 나중에는 턱이 다 얼얼했다. 내가 늙은 건가. 꼰대가 된 건가. 그런데 아버지는 아무렇지 않게 파를 썰어 통에 담고, 커다란 봉지에서 오뎅 한 묶음을 꺼내 국물 안에 넣고, 떡볶이를 휘저었다.

떡볶이를 다 먹은 아이들은 각자의 가방에서 작은 파우치를 꺼내더니 새빨간 립글로스를 딸기잼처럼 찐득하게 입술에 바르고 자리에서 일어섰다. 그러곤 끝까지 낄낄대며 욕지거리를 하며 계산을 했다. 아버지는 무심히 지폐를 받고 잔돈을 거슬러주고 잘 가라고, 또 오라고 말했다. 아무렇지도 않으신 걸까. 무뎌지신 걸까. 나는 혼잣말하듯 투덜거렸다.

"와, 무슨 애들이 입이 저렇게 거칠어. 화장은 또 저게 뭐고."

아버지는 피식 웃었다.

"착한 애들이야."

에휴, 우리 아버지, 요즘 애들이 얼마나 무서운 줄도 모르고.

"내가 가게 잠깐 비워도 오뎅 하나 꺼내 먹는 법이 없는 애들이야. 음식 남기면 안 된다고 꼭 싹싹 깨끗하게 먹고 가고."

"그것만 보고 착한지 아닌지 어떻게 알아요?"

"너는 그럼 말하는 것 조금 듣고 쟤들이 어떤 애들인지 어떻게 아니?"

할 말이 없어졌다. 괜히 오뎅 하나를 꺼내 우물우물 먹었다. 종이컵에 국물을 따라서 다 마시고 나자 아버지가 무슨 일로 온 거냐고 물었다.

"잘 모르겠어요."

사실이다. 생각이 정리되거나 확신이 있는 것은 아니라 아버지와 상의하고 싶다. 나는 젖었다 마른 후 우글쭈글해진 페이지가 스르륵 펼쳐지는 것처럼 마음속에서 나도 모르게 계속 되살아나는 한 장면에 대해 아버지에게 말했다.

"우리 파 심어놓은 화분 있잖아요. 그걸 보고 되게 다정하게 웃더라고요."

"누가?"

"우리 집 산다는 아저씨요. 우리한테 속은 아저씨."

아버지는 고개를 돌려 내 시선을 피하며 떡볶이 국물을 천천히 크게 한 번 휘저었다. 뭔가 더 부연설명을 해야 할 것 같은데 말들이 목구멍을 간질이기만 할 뿐 밖으로 나오지 않아 나는 혀로 입술을 축이고만 있었다.

직접 만나기 전에는 남자를 쉽게 비난할 수 있었다. 부자, 투기꾼, 나쁜 놈…… 원망하고 미워하는 데에도 전혀 거리낌 없었다. 그런데 눈을 마주치고, 인사하고, 이야기를 나누고 나니 마음이 달라졌다. 파를 보고 그렇게 웃다니. 장미도 아니고, 난도 아닌, 파를 보고 은근한 미소를 짓는 사람. 넥타이를 매고 흔한 직장에 다니고, 상사의 눈치를 보고, 사춘기 딸 때문에 고민하는 그냥 평범한 사람. 우연찮게 돈을 불리는 방법을 알게 됐고, 짬짬이 그 방법으로 투자한다는 그를, 나는 함부로 비난할 수가 없어졌다. 아무렇지도 않게 속일 수가 없어졌다.

"그래서 어떻게 했으면 좋겠냐?"

"잘 모르겠는데…… 아무튼 그동안 돈에, 힘에, 많이 휘둘려봤잖아요, 우리. 그런데 우리가 지금, 뭔가를 휘두르려고 하고 있잖아요. 이건 아닌 것 같아요."

그때 가게 문이 열리더니 초등학생으로 보이는 남자애가 들어와 천 원짜리 한 장을 내밀었다.

"피카추 두 개 주세요."

아버지는 호일 위에 차곡차곡 쌓여 있는 피카추 돈가스에 양념을 발라 아이의 양손에 하나씩 쥐어주었다. 돼지고기의 잡부위를 갈아 만든 싸구려 돈가스에 고추장과 물엿을 넣은 매콤달콤 소스를 발라먹는 피카추 모양의 돈가스. 저게 뭐라고 나도 참 좋아했다. 요즘 애들도 피카추 돈가스를 먹는구나.

"너, 우리 가게 피카추 유명했던 거 알고 있냐? 좋은 재료 쓴다고 소문났었지."

"에? 왜요?"

"네가 맨날 와서 먹었잖아. 자기 자식한테도 저렇게 자주 먹이는 걸 보니 괜찮은 재료를 썼나보다, 그렇게들 생각했나봐."

아, 그런 오해가. 웃음이 났다. 오해라는 게 받는 입장에서는 뜬금없지만 하는 입장에서는 영 허황된 얘기만은 아닌가보다. 어쩌면 지금 나도 오해하고 있는 건지 모르지만, 나 역시 아무 근거 없이 하는 생각은 아니다.

"부동산 계약을 깨고, 이사를 취소하고, 그러는 게 엄청 복잡한 일이다. 말처럼 쉬운 게 아니야. 손해도 크고. 그래도 한번 생각해보자."

아무런 결정도 내리지 못한 채 가게에서 나오는데 갑자기 어떤 노래의 멜로디가 떠올랐다. 아무래도 가사가 생각나지는 않았지만, 슬픈 내용이었다는 사실만은 분명하게 기억났다. 나는 알 수 없는 슬픈 노래를 흥얼거리며 언덕길을 올랐다.

　그날 밤, 그러니까 가족회의 비슷한 게 긴급 소집됐다. 귤 한 접시를 가운데 두고 세 식구가 모여 앉았는데 아무도 귤을 까먹지 않았다. 나는 잔뜩 긴장해서 더듬더듬 아버지의 분식집에서 했던 말을 반복했다. 가만히 듣고만 있던 엄마가 아버지 쪽을 보면서 물었다.

　"이미 계약서도 다 썼고, 계약금도 받았고, 지금 이걸 엎으려면 위약금 같은 것도 물어야 할 텐데, 솔직히 말하고 계약을 깨는 게 가능하긴 한 일이야?"

　"우리가 먼저 계약을 깨자고 할 필요는 없지. 우리도 이런저런 정보를 이제야 들었고, 확실하지는 않다, 알아서 판단하시라, 그래야지."

　엄마는 검지 손톱으로 방바닥의 장판을 긁어 오돌토돌 일어나게 만들었다가 다시 문질러 펴기를 반복했다. 이제 엄마의 결정만 남았다. 집안의 중요한 일을 결정할 때는 아버지도 조용조용 할 말을 다 하는 편이고, 나도 가만히 있지 않는데, 이상하게도 결국 엄마의 판단에 따르게 된다. 내가 체조를 시작할 때도 그랬고, 가게 업종을 바꾸거나 위치를 옮길 때도 그랬고, 몇 차례의 집수리와 개조공사 때도 그랬다. 물론 엄마가 늘 옳은 판단만 했던 건 아니다. 예를 들면 체조라든지, 체조라든지, 체조라든지……

　시간이 일정하게 흐르는 것 같지가 않았다. 가만 멈추었다가, 엄마가 눈을 깜빡이면 갑자기 똑딱똑딱똑딱 다급하게 흐르다가, 아버지가 길게 한숨을 내쉬면 또 느릿느릿 흐르다가. 숨이 막혀 견딜 수가 없었다. 어쨌든 문제제기를 한 것은 나고, 나는 얼른 이 정적의 시간을 끝내고 싶었다. 그래서 누가 시키지도 않았는데 최후변론 같은 걸 혼자 막 늘어놓았다.

"우리 아무리 없이 살아도 그동안 나쁜 짓 안 하고, 열심히, 세 식구 안 굶고 잘 살아왔잖아. 이 낡은 집 하나로 팔자 고쳐보겠다고 이러는 거 너무 한심해. 우리가 욕했던 사람들하고 똑같잖아."

엄마는 고개를 들어 내 눈을 한 번 보고 아버지를 한 번 돌아보더니 드디어, 천천히, 입을 열었다.

"놀고들 있네."

응? 엄마?

"파를 보고 웃는 게 뭐 어쨌다고? 그게 무슨 파뿌리 말라비틀어질 소리야. 네 말처럼 그동안 우리 나쁜 짓 안 하고 열심히 살았는데도 이따위 집구석에서 살아야 하는 게 다 그런 투기꾼 놈들 때문이야. 아주 나쁜 놈들이라고. 착한 척, 바른 척도 앞뒤 봐가면서 해. 우리 같은 사람이 계속 당하고만 있으면 안 된다고. 지렁이도 밟으면 꿈틀한다는 걸 보여줘야 된다고. 된장에는 된장, 똥에는 똥이야!"

눈에는 눈, 이에는 이겠지. 뭐, 아무튼. 엄마의 단호한 결정으로 인해 우리는 남은 매매 절차도, 가게 정리도 일사천리로 해치웠다.

겨울은 어느 순간 덮치듯 다가와 있었다. 매일 매일 무너지는 것처럼 수은주가 뚝뚝 떨어졌고, 우리가 이사하는 날도 그 겨울 최저기온의 날이었다. 가스기사 아저씨가 아침 일찍 와서 가스를 끊고 가자 진짜 이

집을 떠나는구나, 실감이 났다.

내가 그렇게 포장이사를 하자고 주장했건만 청승맞게도 아버지는 용달차를 불렀다. 그래도 삼십 년 넘게 모인 살림살이들이니 용달로는 어림도 없을 줄 알았는데, 거뜬했다. 큰 짐은 두 짝짜리 안방 장롱과 내 방에 있는 서랍장 하나뿐이었다. 옮기다 부서질 안방 화장대와 초등학교 때부터 쓰던 내 피노키오 책상은 그냥 버리기로 했다. 전날 밤에 엄마와 나란히 앉아 최근 오 년 동안 입지 않았던 옷들도 싹 골라냈더니 절반이 버릴 것들이었다. 짐이라고는 옷가지가 담긴 박스 몇 개와 세 식구의 자잘한 생활용품들, 그릇이나 냄비 같은 주방용품이 한 박스. 냉장고, 세탁기, 티브이 같은 가전제품 들도 오래되고 사이즈가 작았다.

운전도 하고 이삿짐 운반도 도와주기로 한 용달차 아저씨는 묵묵히 가벼워 보이는 박스들만 옮겨 실었다. 그래서 우리 세 식구가 큰 짐들을 다 날라야 했다. 몸이 힘들면 마음도 힘들어진다고 우리는 몇 번이나 언성을 높였다.

"아, 그쪽으로 잡아당기지 말라고. 넘어지잖아!"

"같이 좀 들어, 같이! 손만 대고 있지 말고 힘을 주란 말이야!"

"제대로 못 미냐? 엉? 밥 굶었냐?"

큰소리 내는 일이 좀처럼 없는 아버지가 고래고래 고함을 질렀다. 그렇게 포장이사를 불렀어야 했다. 뼛속까지 청승맞다. 품질 따위 고려 없이 무조건 제일 싼 쪽을 선택하는 습관. 아마 우리는 로또 일등이 되어 수십 억, 아니 매주 일등이 되어 수백 억을 손에 넣어도 덜덜 떨면서 외식 한번 마음껏 못 할 거다. 가난해서 이 모양이 된 건지, 이 모양으로 사니까 가난이 얼씨구나 떨어져나갈 줄 모르는 건지.

놓고 간다고 해도 아쉬울 만한 건 없지만 혹시 놓고 가는 물건은 없는지 마지막으로 둘러보았다. 짐을 옮기느라 신을 신고 들락거렸더니 장판에 신발 밑창 무늬가 어지럽게 찍혀 있다. 짐을 다 빼고 나니 집이 더 작아 보였다. 이런 집에서 세 식구가 살았구나. 좁고 길쭉한 사다리꼴 모양의 내 방이 새삼 낯설었다. 이런 방에 서랍장도 들어가고, 그 위에 이불도 올라가고, 책상도 들어가고, 의자도 들어가고, 나도 들어가고. 그렇게 살았구나, 자랐구나, 나.

바람에 창틀이 흔들리며 차랑차랑, 했다.

"저러다 유리 깨지겠네."

아버지는 창문을 닫고, 생각난 듯 방문도 하나하나 닫았다. 오래 외출할 때 그러는 것처럼 집 안을 구석구석 살피고 정돈하고 문단속을 했다. 엄마는 괜히 싱크대를 열고 바닥의 먼지들을 손으로 쓸어냈다. 마지막으로 대문을 잠그고 나오는데 나도 모르게 긴 한숨이 나왔다. 그리워하지 않을 것이다. 이 집에서 살았던 삼십여 년이 통째로 지긋지긋하다. 아쉽지 않다, 아쉽지 않다, 진짜 아쉽지 않다.

부동산에 들러 잔금을 받았다. 파를 보고 다정하게 웃던 남자는 오늘도 온화하고 기대에 찬 눈으로 우리 가족 한 명 한 명과 눈을 마주치며 인사하고 안부를 물었다. 나는 그의 눈을 똑바로 볼 수 없었다. 남자가 스마트폰으로 잔금을 이체해줬고, 아버지가 유씨 아저씨네 사무실 컴퓨터로 통장 잔액을 확인했다. 그리고 아버지는 엄마에게 도장을 건넸다. 문제의 인감이었다.

"여기 찍어라. 그렇게 소원이라는데, 맘껏 찍어."

엄마는 입맛을 한 번 다시고는 아버지에게 도장을 받았다. 휴지로 도장 끝을 박박 닦더니 인주통에 톡톡 두드려 인주를 묻혔다. 그리고 영수증 아래쪽, 아버지 이름이 적힌 옆에 도장을 세워 두 손으로 꾸욱 눌렀다. 종이가 찢어질 정도로 꾸우욱 눌렀다가 천천히 떼자 붉고 선명하고 진하게 아버지 이름이 찍혔다. 엄마는 만족스러운 표정이었다. 남자는 영수증을 받더니 인주를 말리려는 듯 짤짤 흔들면서 윗니가 열 개쯤 드러나도록 환하게 웃어 보였다.

"지금 이사 들어가시는 거죠? 새집에서 좋은 일들만 있으시길 바라겠습니다."

"아, 네. 네."

아버지는 짧게 답하고 입을 다물었다. 모두 웃고 있었지만 기뻐서 웃은 것은 아니다. 그냥 그 상황을 자연스럽게 마무리할 방법이 웃음밖에 없었다.

어젯밤 잠을 설친 데다 아침부터 고된 일을 한 탓에 용달이 출발하자마자 잠이 들었고, 눈을 떴을 때는 차창 밖으로 논밭이 펼쳐져 있었다. 그 뒤로 비닐하우스, 공터, 작은 공장 몇 개, 그 옆에 생뚱맞은 아파트 몇 동. 그 아파트가 우리 가족의 새 보금자리다. 밭일을 마친 농부들이 농기구를 들고 아파트로 들어서고 있다. 이제 아파트 살면서 농사일을 하는 세상이구나. 도시라고도 농촌이라고도 할 수 없다. 분명한 것은 버스를 한 번 갈아타면 서울에 들어갈 수 있다는 사실뿐이다.

작은 방이 세 개 있는 이십사 평 아파트. 건설사도, 아파트 브랜드도, 처음 들어보았지만 지은 지 몇 년 되지 않아 집은 깨끗했다. 우리는 짐을 대충 거실에 널브려놓고 박스에 걸터앉아 짜장면을 시켜 먹었다. 아버지는 부동산으로, 등기소와 주민센터와 관리사무소로 바쁘게 다녔고, 그사이 엄마와 나는 끙끙거리며 묵묵히 장롱을 옮기고, 서랍장을 옮기고, 옷들을 옮겨 담았다. 짐 정리를 다 끝내고 물걸레질까지 모두 마친 후 엄마는 베란다로 나가 창밖을 내다보았다. 용달차 창 너머로 보았던 그 어이없는 풍경이었다. 논, 밭, 비닐하우스, 공터, 공장……

"장은 어디서 보나."

엄마는 한숨을 쉬면서 낮게 중얼거렸다.

"오일장이 선대."

아버지에게 들은 얘기를 전해주었더니 엄마는 더 크게 한숨을 쉬었다. 하지만 주방 선반을 정리하기 위해 냄비를 꺼내면서 곧 싱글벙글했다. 붙박이로 달려 있는 가스레인지를 켜고, 후드를 돌리고, 온수와 냉수를 번갈아 틀어보고는 만족스러워했다. 그러다 갑자기 생각났다는 듯 화장실로 달려가 좌변기와 욕조를 보고는 함박웃음을 지으며 말했다.

"이제 매일 목욕할 거야."

정리가 다 끝난 후에도 집은 휑했다. 전에 살던 집보다 더 넓어지기도 했지만, 워낙 짐이 없었다. 안방에는 두 짝 장롱이 하나 덩그러니, 내 방에는 서랍장이 하나 덩그러니, 거실에는 받침대도 없이 맨바닥에 티브이만 덩그러니. 나는 아직 의자가 없는 주방의 붙박이식탁에 걸터앉아 말했다.

"이것저것 좀 사야겠어."

"무슨 돈으로?"

엄마는 대번에 핀잔을 주고는 곧바로 이어 말했다.

"넓고 얕은 전골용 냄비를 사야겠어."

보일러가 들어오지 않는 마루 한켠의 작은 주방, 온수가 연결되지 않은 낡은 싱크대에서 엄마는 겨울이면 오들오들 떨며 밥을 짓고, 국을 끓였다. 가끔 반찬이 맛없다거나 국이 짜다고 하면 엄마는 추워서 그렇다고 성질을 부렸다. 겨울에 음식 하는 게 제일 싫다고, 추운 데서 떨었더니 체할 것 같다고, 밥 좀 안 하고 살았으면 좋겠다던 엄마. 행복하지 않았겠지. 보람 있지 않았겠지.

지금도 세상에는 그렇게 춥고 지긋지긋한 주방이 얼마나 많을까. 그러니까 엄마, 따뜻해도 깨끗해도 온수가 콸콸 잘 나와도 요리 같은 거 열심히 하지 마. 그동안 해온 걸로 됐어.

달밤의 스테이지

엄마는 정말 매일 목욕했다. 나는 새로 산 좌식책상에 책을 올려놓고 좌식의자에 앉아 소설책과 잡지를 읽고, 라디오를 듣다가 잠이 들었다. 아버지는 볕이 잘 드는 거실에 앉아 달력을 깔고 손톱, 발톱을 깎았다. 매일 매일 깎는데도 또 깎을 게 있는지 매일 또각또각 소리가 들려왔다.

아무도 돈을 벌지 않았다. 이렇게 계속 지내다가는 굶어 죽는 건 시간문제겠지. 하지만 우리는 잠시 쉬고 싶었고, 서로의 휴식에 대해 왈가왈부하지 않았다. 이 게으름의 시간도 길지 않다는 것을, 이 시간이 지나면 다시 삶의 한가운데로 뛰어들 수밖에 없다는 것을 잘 알고 있기 때문이다.

엄마는 하루 세 번 아무 말 없이 밥을 하고, 국을 끓이고, 반찬을 만

들어 식탁에 올렸다. 종류는 적었지만 반찬도 자주 바뀌고, 찌개도 매일 바뀌었다. 엄마는 어디서 돈이 나와서 매일 밥을 차릴까. 내가 생활비 안 갖다준 지도 벌써 몇 달인데.

"엄마, 비상금 많이 꼬불쳐뒀구나?"

"밥이나 먹어."

"어떻게 돈 버는 사람도 없는데 매일 매일 반찬이 바뀌지?"

"시장 가서 그날 제일 싼 걸로 사니까 그런다."

"하여간 엄마 대단해. 엄마 덕분에 우리 세 식구 안 굶고 산다."

그러자 아버지가 엄마를 칭찬할 뜻으로 한마디 거들었다.

"엄마들이 그래서 위대한 거야."

그러나 아버지의 의도와 달리 엄마는 국자를 집어던지며 버럭 소리를 질렀다.

"웃기고 있네. 두 사람 굶지 말라고 밥 하는 거 아니야. 나 배고파서 하는 거지. 그리고 나는 이렇게 밥이고 빨래고 청소고 꼬박꼬박 하는데, 두 사람은 돈 안 벌어올 거야? 마니 퇴직금도 떨어졌고 적금도 두 개나 깼어. 이대로 가다가는 우리 금방 엥꼬 나. 이제 고만 뭉개고 다들 아침 먹으면 나가. 무조건 나가."

아버지는 새로운 장사를 시작할 거라며 이전 가게의 보증금만은 허물지 않고 꼭 쥐고 있었다. 시내 부동산에 드나들며 얼굴을 익히고, 정보를 모으고, 몇몇 프랜차이즈 설명회에도 다녀왔다.

나는 취업정보 사이트를 뒤져 집에서 버스로 한 번에 출근할 수 있는 모든 회사에 이력서를 보냈다. 웹 디자이너, 물류창고 관리사원, 피자집 주방보조, 흙침대 설치기사, 제과회사 영업사원…… 자격증이 있건 없건, 관련 경력이 있건 없건, 닥치는 대로 뻔뻔하게 이력서를 보냈다. 웹디자이너가 무슨 일을 하는지 잘 모르고, 흙침대는 구경한 적도 없다. 면허증도 2종 오토면서 5톤 트럭 운전기사 모집에도 이력서를 냈다. 알게 뭐야, 못할 사람은 지들이 안 뽑겠지.

그리고 S동은, 이번 조합장도 구속됐다. S동은 이렇게 조합장들의 무덤이 되는 건가. 아버지가 유씨 아저씨에게 전해들은 바로는, 조합장이 건설사에게 뒷돈을 받은 것은 물론 사업과 관련된 무슨 서류를 가짜로 꾸며 수억 원을 대출받아 개인용도로 썼단다. 투표로 결정됐던 건설사와도 마찰이 생겨 그 회사는 사업에서 손을 뗐고, 모든 것이 그대로 멈췄다고 한다. 유씨 아저씨가 말한 대로 정말, 재개발이 안 될지도 모른다.

아파트가 쉼없이 지어졌고, 지금도 지어지고 있다. 사람들은 이제 정말 끝물이고 막차라고 신나게 떠들었는데, 이상하게도 아파트값은 크게 떨어지지 않았다. 전세 보증금이 매매가에 버금가고, 월세가 흔해지고, 반전세라는 이상한 임대 형태가 생겨나고, 대출 심사가 강화되면서 주택거래량은 반토막이 났다. 부동산 시장은 그동안 내가 경험한 지극히 한국적인 상황에서 벗어나고 있다. 그래서 나아지고 있는 건지는 잘 모르겠다. 그냥 예측이 불가능해졌을 뿐이다. 한국에 사는 내 또래들은 이제 세 부류로 구분할 수 있게 됐다. 집이 없거나, 빚이 있거나, 돈 많은 부모가 있거나.

우리 집은 어떻게 됐을까. 파를 보고 웃던 아저씨는. 파는.

화분을 두고 왔다. 덜컹거리는 용달에서 화분이 깨지고 흙이 쏟아질 것 같기도 했고, 다른 짐들을 챙기느라 정신이 없기도 했다. 사실은 그냥, 거기, 원래 자리에 두고 싶었다. 그사이 큰 추위가 한 번 지나갔고, 눈이 두 번 왔고, 비가 여러 번 내렸다. 선명한 초록빛은 부옇게 흐려졌 겠지. 누렇게 변했겠지. 쌉쌀하고 알알하고 매캐하던 그 향기는 다 사라 졌겠지. 얼었거나 말랐거나 아무튼, 죽었겠지.

시내에 있는 노무사 사무실에서 면접을 보라는 연락이 왔다. 사무보 조였던 것 같은데 정확히 모집요강이 어땠는지 기억나지 않았다. 전화 한 직원은 전에 다니던 회사에서 연봉은 얼마나 받았느냐, 직급은 무엇 이었느냐는 면접 때 해도 될 질문들을 했다. 솔직히 말했다. 받아 적는지 잠시 조용하더니 경력이 십 년이나 되시네, 라는 의도를 알 수 없는 말 을 하고 허허 웃었다. 경력. 경력이라. 십 년의 시간이 아무것도 아닌 것 은 아니었구나 싶어 취직 여부와 상관없이 마음이 조금은 편안해졌다.

면접을 앞두고 긴장했는지 새벽에 잠이 깼다. 세 시가 넘어가고 있었 다. 화장실에 가려고 거실로 나왔는데 커튼을 달지 않은 거실창을 통해 달빛이 쏟아지고 있었다. 달이 이렇게 밝은 줄 몰랐다. 왜 네온사인이 번쩍이는 서울의 밤은 밝지 않았을까. 베란다 앞으로 가서 멍하니 창밖 을 보았는데 뒤에서 쿵쿵하는 소리가 났다. 누가 깼나 싶어 돌아보았다.

거실 가득 길게 드리워진 달빛 아래, 에어로빅 옷을 입은 열 살의 내 가 뛰고 있다. 두 발을 가지런히 모으고 제자리에서 폴짝 폴짝. 엉덩이 가 빨갛게 피로 물든 흰 체육복을 입은 열한 살의 나는 낑낑거리며 허 리를 숙여 바닥을 손으로 짚고 있다. 체조를 그만둔 후에도, 회사에서 해고당한 후에도, 고향을 떠난 후에도, 크고 작은 포기와 실패와 거절 이후에도 삶은 계속되었다. 소설이 끝나고 영화가 끝나듯 인생은 멈추어주지 않았고, 나는 눈앞에 놓인 길고 긴 시간을 건너뛰거나 내버리지 못하고 일 분 일 초 또박또박 살아내야 했다. 아마 앞으로도 그럴 것이다. 그 사소한 태도들이 모여 삶을 만들고, 그 삶들이 모여 세상이 된다.

진지한 표정과 결연한 눈빛들. 누구도 행복하지 않지만 누구도 우울하지 않다. 다만 그들의 시간을 열심히 살고 있을 뿐이다.

제2회 황산벌청년문학상 심사평

울퉁불퉁해도, 천의무봉이어도, 소설은 소설이다. 소설은 상징질서에 의해 '쓸모없는 실존으로 격하된 모든 것'들에 발언권이 주어지는 유일한 형식이다. 그래서 어떤 소설이 울퉁불퉁하건 천의무봉이건 간에 한 편 한 편 소설을 읽는 일은 버겁다. 울퉁불퉁한 소설은 부분과 전체의 변증법을 통제하기 힘들 정도로 응어리지고 분노에 찬 말이 많아서일 때가 대부분이고, 천의무봉으로 잘 짜여진 소설은 쌓인 한이 넘치는데도 그 분노를 더한 의지로 다스린 경우에 해당하기 때문이다. 하지만 소설을 읽는 일이 힘겹기만 한 것은 아니다. 큰 즐거움을 주기도 한다. 소설을 읽는 일은 많은 경우 읽는 이들을 보다 진정한 주체로 거듭나게 한다.

알랭 바디우는 어느 곳에선가 인간 존재를 주체로 거듭나게 하는 사건을 '당신이 항상 믿던 것'이 아니라 '당신이 결코 두 번 믿지 않을 것'

이라고 비유하고 '당신이 결코 두 번 믿지 않을 것을 사랑하라'고 말한 적이 있다. 바디우가 말한 사건을 너무 노골적으로 소설 한 편과 등치시키는 것일지 모르나, 소설 한 편을 제대로 읽는 것 역시 사건을 경험하는 것에 가깝다 할 것이다. 작품 한 편 한 편이 바로 '당신이 결코 두 번 믿지 않을 것'으로 채워져 있기 때문이다. 그러므로 소설 한 편 한 편을 읽는 일은 곧 거듭거듭 새로운 '나'로 다시 태어나는 과정이며, 그래서 종종 어떤 작품과의 외설적 조우는 한 개인의 운명을 불가역적으로 바꿔놓기도 한다. 이처럼 소설을 읽는 일은 즐겁고도 무서운 일이다. 한 편의 소설을 읽는 일이 이럴진대 수많은 작품을 단기간에 집중적으로 읽을 때에랴!

제2회 황산벌청년문학상에 응모된 작품은 총 73편이었다. 누빔점이 정교하지 않아 디테일들이 조악하게 나열된 소설도 있었고, 기존의 소설에서는 볼 수 없었던 신성한 디테일들을 하나의 이야기로 치밀하게 엮어낸 '잘 빚은 항아리' 같은 작품도 있었다. 하지만 어떤 경우건 소설은 소설이었다. 거의 모든 작품이 상징질서 바깥의 무시무시하면서도 매혹적인 실재들을 충격적으로 귀환시키고 있었고, 그중 몇몇 작품은 당연히 있을 법하건만 한국문학에 이런 작품이 없었구나 하는 결여를 절감케 하는 작품도 있었다.

심사위원들을 이렇게 두 달 남짓 즐거운 지옥으로 몰아넣은 작품들 중에서 제2회 황산벌청년문학상 본심 무대에 오른 작품은 이규정 씨의 《킬링 톨스토이》, 이아타 씨의 《눈물 남자》, 그리고 조남주 씨의 《고마네치를 위하여》 이렇게 세 작품이었다.

우선 이규정 씨의 《킬링 톨스토이》는 과연 이전의 한국문학에 이런 종류의 소설이 있었나 싶을 정도로 단연 특이한 소설이었다. 우선 소재가 그러했다. 보험(금)을 둘러싼 인간들의 악다구니는 단연 이채로웠다. 또한 이 익숙지 않은 날것의 디테일들을 하나로 누벼낸 구성도 솜씨가 만만치 않았다. 프롤로그부터 마지막 장면에 이르기까지 내내 뒷장면을 예측하게 하고 또한 그 기대를 교묘하게 뒤집는 구성은 흡인력이 대단했다. 하지만 이러한 장처에도 불구하고 이 소설에는 그것을 무화시키는 결정적인 과잉 혹은 결여가 눈에 거슬렸다. 바로 그 사람이라 할 개성화된 인물이 살아 꿈틀거리기보다는 스테레오타입화된 인물들의 전시장인 것이 아쉽기는 했지만 이건 그나마 납득할 만했다. 이 소설의 결정적인 과잉 혹은 결여 지점은 주제의식과 디테일 사이의 부조화였다. 이미 정해진 운명이 있건만 그것을 모르고 악다구니를 펼치는 인간들의 비애극을 강조하기 위한 것인지는 모르겠지만, 인간을 넘어선 초월적 질서에 드러내기 위한 장치와 인물들은 전혀 현실성이 없을뿐더러 현실감과 실재감 넘치는 디테일들을 모두 덮어버렸다. 특히 때때로 등장하여 이 소설의 주제를 노골적으로 전달하는 청학동 천사는 이 소설의 밀도를 순식간에 떨어뜨린 결정적인 암점으로 작용했다.

　　이아타 씨의 《눈물 남자》는 무엇보다 착상이 빛나는 소설이었다. 이소설은 타인의 눈물에 깃들어 있는 원초적 장면을 다른 사람들이 목격하면서 벌어지는 혼란을 주된 모티프로 한 소설이었다. 이 범상치 않은 모티프와 그에 걸맞은 수많은 에피소드들을 하나의 큰 틀 속에 자연스레 담아내고 있거니와, 이는 카뮈의 《페스트》를 연상시킬 정도로 핍진

하고 긴박했다. 이처럼 빛나는 착상과 신성한 디테일로 가득 찬 이 소설은 그러나 부분과 전체의 유기적 관계가 지나치게 성글었다. 이 성긂은 그러나 장치나 기법에 대한 무관심에서 연유하는 것이 아니라 이 소설의 문제의식의 불철저함에서 기인한다는 점에서 결정적인 결점으로 다가왔다. 《눈물 남자》는 어떤 이유인지 소설의 중핵이라 할 만한 눈물에 대한 작가의 역사철학적 시선 혹은 문제 틀이 분명하지 않다. 그런 이유 때문에 타인의 눈물 속에서 그 사람이 오랫동안 덮어두었던 원 장면을 본 이후에 왜 그것을 본 존재가 아프고 자살에 이르는지, 또 어떤 사람의 경우에는 전이되지 않는지에 대한 개연성 있고 일관된 제시를 찾아볼 수 없었다. 특히 작중화자와 작중화자의 눈물에서 작중화자가 집요하게 덮어둔 원 장면을 본 작중화자의 아내와의 관계에 대한 불분명한 처리는 소설 전체를 정체불명의 것으로 만들어버렸다. 이 대목만이라도 복합적이고 심층적으로 다루어졌으면 《눈물 남자》의 여러 결락 지점들도 동시에 개연성을 획득할 수 있었을 터, 그래서 못내 아쉬웠다.

오랜 논의 끝에 제2회 황산벌청년문학상 수상작의 영예를 안은 조남주 씨의 《고마네치를 위하여》도 결정적인 결점을 안고 있기는 마찬가지였다. 무엇보다 기시감이 문제였다. 《고마네치를 위하여》는, 거칠게 압축하자면, 고만고만한 '고마니'의 성장소설이자 동시에 '고마니네'의 가족사소설이다. 물론 '고마니'의 성장 서사와 가족사 위에 재개발 과정을 둘러싼 악다구니와 개발 자본주의의 속도를 따라잡지 못하고 계속 소외되는 '고마니' 가족의 '정주처 찾기'가 덧씌워져 있기는 하지만, 《고마네치를 위하여》는 이미 한국문학사의 우세종으로 자리하고 있는 성장소설의 관습을 충실하게 반복하고 있었다. 하지만 그렇다고 《고마네치를 위하여》가 이전 소설의 단순한 반복인 것은 아니다.

성장소설의 큰 틀은 이전의 것과 다르지 않지만 그 큰 틀 내부를 채우고 있는 디테일들은 대단히 매혹적이고 참신했다. 특히 선량한 천성 때문에 아무리 따라가려 해도 세상의 속도와 셈법을 따라잡지 못하는 어머니와, 역시 같은 천성 때문에 점점 더 사회의 밑바닥으로 치달으면서도 '자존감'과 '양심'을 지키고자 안간힘을 쓰는 아버지의 형상은 이 소설의 기시감을 덜어내기에 충분했다.

또한 잘난 사람들의 처세술에 의해 거듭거듭 전락하는 가난한 사람들의 이야기를 써나가면서도 그 분노와 울분을 다스려가며 일관된 분위기, 구체적으로 말하면 희비극적인 정조를 유지해가는 절제력 또한 높이 살 만했다. 그리고 살아가기 위해서 어쩔 수 없이 세상의 논리에 순응하면서도 끊임없이 자신들의 행동을 양심이라는 거울에 비쳐보는 시대에 뒤처진 혹은 시대를 거스르는 윤리감각은, 파국을 향해 치닫는 현대라는 폭주기관차를 고려할 때 사소한 듯하지만 무엇보다 강력한 탈-존의 출발점처럼 다가왔다. 잘난 사람들이 지배하는 세상에서 못난 사람들의 배려의 힘을 보여주고 있다고나 할까, 아니면 악마적인 셈법이 지배하는 세상에서 선의 윤리감각이 지니는 필요성과 필연성을 역설적으로 제시하고 있다고나 할까.

한마디로 《고마네치를 위하여》는 더 이상 씌어지기 힘들거나 씌어지더라도 새로움을 인정받기 힘들 정도로 포화상태에 이른 성장소설이라는 장르에 슬그머니 들어와 의미 있는 차이를 만들어낸, 그런 점에서 '선(에 대한 믿음)의 승리'라 할 수 있는 작품이었다.

결국 제2회 황산벌청년문학상의 영예는 잘난 사람들의 얄팍한 셈법이 지배하는 세상을 선에 대한 절대적인 믿음으로 넘어서자고 하면서도 그 분노와 믿음을 냉철하게 희비극적 정조로 절제해낸《고마네치를 위하여》에게 돌아갔다. 소설에서 중요한 것은 분노가 아니라 분노를 승화시키는 힘이라는 판단 때문이었다. 당선자와 다른 응모자들의 다음 작품을 기대해본다.

제2회 황산벌청년문학상 심사위원

박범신(소설가), 김인숙(소설가), 이기호(소설가), 류보선(문학평론가, 대표 집필)

저는 소설 속 S동 같은 곳에서 자랐습니다. 재개발이 결정되자 추가 분담금을 부담할 여력이 없었던 부모님은 삼십 년 살아온 동네를 떠나셨습니다. 그 일이 여러 가지 복잡한 질문들을 불러왔고, 그 질문들에서 소설이 시작되었습니다. 이 년 정도 써서 완성했습니다. 몇 번 공모전 최종심에 오르기도 했는데 거기까지였습니다. 이후로 수정 방향을 잡지 못해 노트북 안에 잘 저장만 해두었습니다.

그러는 동안 학교를 졸업하기도 전에 시작했던 첫 번째 직업에서 완전히 손을 놓게 되었고, 과분하게 큰 상을 받으며 등단했지만 더 이상 소설을 발표하지 못하고 있었고, 육아와 살림에는 여전히 서툴렀습니다. 잘하고 있다고, 잘될 거라고 애써 스스로를 다독여왔는데 아무래도 인정해야 할 것 같았습니다.

'이번 생은 망한 것 같다……'

평균 수명만큼만 산다고 쳐도 아직 절반도 살지 않았는데, 너무 일찍 망했습니다. 우울하고 막막한 와중에 밥때가 되어 식구들 밥을 해 먹이고, 아이가 놀아달라기에 부루마블도 하고, 남편과 딸이 잠든 후에는 습관대로 노트북을 켜놓고 이것저것 쓰면서 생각했습니다.

'망한 건 망한 거고. 그렇다고 그만 살 순 없잖아?'

많은 사람들이 실패 이후의 삶을 성실하게 살아내고 있다는 것을 알게 되었습니다. 손대지 못하던 소설을 다시 꺼내 쓸 수 있었습니다.

제가 살았던 동네에는 지금 아파트가 올라가고 있습니다. 내년이면 누군가는 그곳에서 새 삶을 꾸리게 될 것입니다. 떠난 사람들, 떠나지 않은 사람들, 새롭게 찾아올 사람들 모두 너무 힘들지는 않았으면 좋겠습니다. '모두 행복하게 잘 살았습니다'라는 결말이 동화처럼 쉽지 않다는 것을 잘 알지만, 알면서도 그러기를 바랍니다.

부족함 많은 소설에서 장점을 찾아주시고 격려해주신 심사위원 선생님들께 감사드립니다. 두 번째 기회를 주신 논산시와 은행나무출판사에도 감사드립니다. 다시 생각해보니 아직 다 산 것도 아닌데, 망했다는 말은 일단 넣어두기로 했습니다. 열심히 쓰겠습니다.

2016년 4월
조남주

추천의 말

황산벌청년문학상은 계백장군이 5천 결사대와 함께 순사함으로써 충절의 참뜻을 후대에게 가르쳐준 고장, 논산이 본향이다. 2회를 맞이한 이번 당선작 《고마네치를 위하여》는 황산벌이 상징하는바, 충절이 어디에 바쳐져야 시공을 넘을 수 있는가를 은유적으로 떠올리게 하는 작품으로 손색이 없다. 선근(善根)을 지닌 보통사람들의 꿈과 사랑의 가치를 지키는 데 충절의 참뜻이 있다는 것이다. 그런 점에서 '황산벌'은 아직도 승부가 끝난 싸움이 아니며, 《고마네치를 위하여》는 그것에 대한 따뜻하고 간곡한 증언이라 할 만하다. 모범적인 성장소설이나 성장소설의 뻔한 한계를 내적 진실성으로 극복한 작품이다. _박범신(소설가)

누구에게나 성장의 시기는 있다. 그리고 누군가에게 그 시기는 철도 건널목에 멈춰 선 어떤 한 순간처럼, 아득하고 아슬아슬하다. 마음이 무너진다. 헛되게 기대하는 희망, 눈을 질끈 감아버리는 절망, 그 대신 이 소설은 따뜻하다. 어떻게 그럴 수 있나. 성장의 순간을 얇고 고르게 저며 세밀히 바라보기 때문이다. 그 세밀한 순간순간마다 곁에 있는 사람을 함께 보기 때문이다. 시선은 안정되고 따뜻한 문장으로 다시 피어난다. 나는 이 작가와 함께 지나간 시간을 되돌아볼 뿐만 아니라 멀리 창밖도 같이 내다보고 싶어졌다. _김인숙(소설가)

《고마네치를 위하여》는 수다스러운 소설이다. 한때 체조선수를 꿈꾸었으나 이제는 그렇고 그런 서른여섯 살 백수 처녀가 된 '고마니'가 자신과 가족과 세상에 대해 투덜거리는 이야기이다. 한데, 이 투덜거림에는 적의가 없다. 누군가에 대한 조롱이나 멸시, 환멸이 아닌, 세상의 속도에 뒤떨어지고 낙오된 사람들에 대한 애정과 동조, 배려를 문장과 문장 사이, 에피소드와 에피소드 사이 세밀하게 숨겨두었기 때문에 그렇다. 그래서 우리는 낡고 좁은 방에 둘러앉아 누군가의 연속 2회전 앞구르기를 바라보는 심정으로 이 소설을 읽어나갈 수 있다. 벽에 부딪힌다 하더라도 함께 웃고 박수를 쳐주고 일으켜 세워주면 그뿐, 욕할 것도 좌절할 일도 아니다. 그것이 우리가 함께 벽을 움직이게 만드는 방법이다. 혐오와 수치심 주고받기가 일상화된 오늘, 나에겐 이 소설이 가장 저항적이고 가장 폭발력 있게 다가왔다. _이기호(소설가)

제2회 황산벌청년문학상 수상작

고마네치를 위하여

1판 1쇄 발행 2016년 4월 22일
1판 3쇄 발행 2017년 9월 25일

지은이 · 조남주
펴낸이 · 주연선

총괄이사 · 이진희
책임편집 · 강건모
편집 · 심하은 백다흠 이경란 최민유 윤이든 양석한
디자인 · 김서영 이지선 권예진
마케팅 · 장병수 박혜화 최수현 김다은
관리 · 김두만 유효정 신민영

(주)은행나무
04035 서울특별시 마포구 양화로11길 54
전화 · 02)3143-0651~3 | 팩스 · 02)3143-0654
신고번호 · 제 1997-000168호(1997. 12. 12)
www.ehbook.co.kr
ehbook@ehbook.co.kr

잘못된 책은 바꿔드립니다.

ISBN 978-89-5660-964-5 03810